Ferdinand Raimund

Der Diamant des Geisterkönigs

Ferdinand Raimund

Der Diamant des Geisterkönigs

ISBN/EAN: 9783337351908

Hergestellt in Europa, USA, Kanada, Australien, Japan

Cover: Foto ©Andreas Hilbeck / pixelio.de

Weitere Bücher finden Sie auf **www.hansebooks.com**

Der Diamant des Geisterkönigs, oder
Zauberposse mit Gesang in zwei Aufzügen

Ferdinand Raimund

Personen

Longimanus, Geisterkönig.
Pamphilius, sein erster Kammerdiener.
Zephises, ein Magier, als Geist.
Eduard, sein Sohn.
Florian Waschblau, sein Diener.
Mariandel, Köchin.
Amine, eine Engländerin.
Kolibri, ein Genius.
Veritatius, Beherrscher der Insel der Wahrheit.
Modestina, seine Tochter.
Aladin, sein erster Höfling.
Erster und Zweiter Nachbar von Eduard.
Osillis.
Amazilli.
Bitta.
Lira.
Die Hoffnung.
Ein Herold.
Fee Aprikosa.
Fee Amarillis.

Erster und Zweiter Zauberer.

Koliphonius, Wächter des Zaubergartens.

Ein Feuergeist.

Die Stimme des singenden Baumes.

Erste und Zweite Drude.

Der Winter.

Der Sommer.

Der Herbst.

Der Frühling.

Ein Grieche. — Eine Griechin.

Feuergeister. Luftgeister. Genien. Feen.
Inselbewohner. Eduards Nachbarn. Wache.

Erster Aufzug.
(Vorhalle im Palaste des Geisterkönigs.)

Erste Szene.
Zauberer. Feen. Geister. (Einige mit Bittschriften.) Ein
Feuergeist.

Chor.
Sollen wir noch lange harren?
Bald verläßt uns die Geduld!
Sind wir Geister seine Narren?
Unverzeihlich ist die Schuld.

Fee Aprikosa. Welche Beleidigung, Damen solange warten
zu lassen, als wären sie seine Domestiken!

Alle. Das ist unerhört!

Erster Zauberer. Ich frage, wie kann man ein Geisterkönig sein und so lange schlafen?

Zweiter Zauberer. Und ich frage, wie kann man vernünftig sein und unvernünftig reden? Geisterkönig ist er; er muß für uns alle wachen, folglich muß er auch für uns alle schlafen.

Erster Zauberer. Seine Pflicht heischt aber, unsere Bitten zu hören.

Fee Amarillis. Und er kümmert sich gar nicht um uns; spart seine
Gunst nur für die Menschen auf.

Erster Zauberer. Er hat schon ungeheure Schätze der Luft entzogen und sie der Erde zugewendet.

Zweiter Zauberer. Sehen Sie, darum bauen sich die Leute jetzt so viele Luftschlösser. Wenn nicht das Sterben bei ihnen noch Mode wäre, so ging's dem Volk besser als uns.

Fee Aprikosa. Was wollen Sie denn? Er hat ja erst gestern einen Menschen, den er auf der Erde kennen gelernt hat, unter die Geister aufgenommen, weil ihn bei dem letzten Wetter der Blitz erschlagen hat.

Erster Zauberer. Ja, richtig; er heißt Zephise, war Taschenspieler und soll ein blitzdummer Kerl sein.

Zweiter Zauberer. Sehr natürlich! Dumm war er so schon, der Blitz hat ihn auch getroffen, also ist er blitzdumm.

Fee Amarillis. Der Zauberkönig verschwendet zu viel. Seine Reisen auf die Erde kosten ihm enorme Summen.

Zweiter Zauberer. Jawohl, ich bin ein einziges Mal auf die Erde hinabgereiset, weil ich soviel von der schönen Gegend von Simmering gehört hab', und ich weiß, was mich das gekostet hat.

Fee Aprikosa. Und richtet er nicht das ganze Reich nach der Erde ein? Wir werden noch alle Moden von Paris und Wien heraufbekommen.

Fee Amarillis. Ja, wenn nur in seinem Zauberreiche noch Französisch gesprochen würde, das wäre doch nobel, aber seit er in
Wien war, spricht er wienerisch, und wir sollen es nachmachen.

Zweiter Zauberer. Ich hab's schon nachgemacht.

Fee Amarillis. Schämen Sie sich, wenn man das im Auslande erfährt!
Das wird entsetzlich werden.

Erster Zauberer undr Fee Aprikosa. Ja, unerhört.

Zweiter Zauberer. Ich weiß, es kommt ein Krieg aus, bloß wegen dem. Aber wissen S', er denkt halt so, und so sollen manche denken, besser schön lokal reden, als schlecht hochdeutsch.

Fee Aprikosa Kurz, die Menschen haben ihn ganz verdorben; er ist nicht mehr zu kennen.

Erster Zauberer. Er läßt sie ja scharenweise zu sich heraufkommen und gewährt ihnen ihre Bitten.

Alle. Wahr ist's!

Zweite Szene.
Vorige. Ein Feuergeist.

Feuergeist (ganz rot gekleidet, rotes Gesicht und rote Hände; er hat die ganze Szene behorcht). Potz Pech und Schwefel, das ist zuviel! Ich bin Feuergeist, Oberfeuerwerker und Kanonier des Zauberkönigs! Wer kann sagen, daß seit drei Jahren eine menschliche Seele in seinen Palast gekommen ist? Bin ich nicht auf seine Kosten nach Neapel gereist, um den Vesuv aufzunehmen und einen ähnlichen über seinen Palast zu bauen? Ist das nicht geschehen? Blausäure und Vitriolöl!

Fee Aprikosa. Und warum ist es geschehen? Damit wir ihn nicht sooft belästigen und mit unserm Wolkenwagen jetzt durch den Krater fahren müssen, wie die Hexen durch den Rauchfang.

Feuergeist. Nein! Potz Pech und Schwefel! Damit er von der Menschheit, die sich durch verschiedene magische Künste in sein
Reich filoutiert hatte, um ihn mit Betteleien zu belästigen, Ruhe
bekomme.

Zweiter Zauberer. Ja, ja, so ist der Kaffee.

Erster Zauberer. Das müssen Sie Narren weismachen.

Feuergeist. Aber, ins Geiers Namen, das tue ich ja; und wer's nicht glauben will, den sollen alle kongreveschen Raketen —

Zweiter Zauberer (gleich einfallend). Nun, nun, mein Herr Feuergeist und Oberkanonier, moderieren Sie sich nur! Sie zünden ja sonst den Palast an mit Ihren Raketen.

Alle. Werft ihn hinaus! Hinaus mit ihm!

Feuergeist. Was? Einen Feuergeist hinauswerfen?

Zweiter Zauberer. Da haben wir schon andere hinausgeworfen.

Feuergeist. Beim Brand von Moskau, das ist zuviel! (Mit geballter Faust) Wer mir in die Nähe kommt, dem werf ich eine Leuchtkugel an den Kopf, daß ihm das bengalische Feuer aus den Augen spritzen soll.

Dritte Szene.
Pamphilius. Vorige.

Pamphilius. He, he! was ist denn das! Sie halten ja ein völliges
Stiergefecht im Vorgemach des Zauberkönigs!

Erster Zauberer (voll Freundlichkeit). Ach, unser lieber Pamphilius!

Alle Weiber. Unser schöner Pamphilius! (Schmeicheln ihm.)

Zweiter Zauberer. Grüß' Sie der Himmel, Herr von Pamphilius! (drängt die Weiber weg und umarmt ihr..)

Pamphilius. Ich komme, Ihnen zu melden, daß der Beherrscher seine vierundzwanzigstündige Ruhe beendiget hat und sich alsobald mit unglaublicher Schnelligkeit aus dem Bette begeben wird.

Erster Zauberer. Ah, scharmant!

Beide Feen. Der liebenswürdige Herr!

Zweiter Zauberer. O, fidelibus! fidelibus!

Feuergeist. Jetzt reißt mir die Geduld! Herr Pamphilius, potz Pech und Schwefel, ich bin ein treuer Diener des

Zauberkönigs, ich kann nicht schweigen.

Pamphilius. Was haben Sie denn für einen Lärmen, Herr Oberfeuerwerker?

Feuergeist. I, potz Pech und Schwefel!—

Pamphilius. Bleiben Sie mir nur mit Ihrem Pech vom Leibe, ich picke schon am ganzen Körper.

Zweiter Zauberer. Er muß glauben, wir sind Schuster.

Feuergeist. Nun also, potz Schwefel und Phosphorus!

Pamphilius. Den Schwefel kann ich auch nicht vertragen, ich habe eine schwache Brust.

Feuergeist. Nun, so hören Sie ohne Pech und Schwefel, daß diese ehrbare Versammlung ein schlechtes Gesindel ist, das über den Geisterfürsten schimpft und ihm vorwirft, daß er alles den Menschen anhängt.

Alle. Das ist nicht wahr.

Feuergeist. Was? Ich schwör's bei allen Zündmaschinen von England.

Pamphilius. Und ich bei allen Löschmaschinen von Frankreich, wenn Er sein unsinniges Feuer nicht moderiert, laß ich Ihn so durchwässern, daß Er an mich denken soll. Hinaus mit Ihm!

Alle. Hinaus mit Ihm!

Feuergeist. Ich gehe! Aber, bei dem griechischen Feuer des Cardanus, das melde ich dem Zauberkönig. Potz Feuerzeug und
Zündbüchsen! Schwefelgeist und Salmiak! (Geht ab.)

Vierte Szene.
Vorige ohne Feuergeist.

Pamphilius. Reden Sie, einer nach dem andern. Was hat's gegeben?

Erster Zauberer. Gepriesener Pamphilius, Sie sind nun schon eine lange Zeit in den Diensten des Geisterkönigs.

Pamphilius. Auf Martini sind's 2000 Jahr.

Erster Zauberer. Haben Sie nicht selbst bemerkt, daß er Menschen mit Wohltaten überhäuft, die sie mißbrauchen und ihm mit Undank lohnen, und uns versagt er so vieles?

Pamphilius. Da haben Sie recht.

Zweiter Zauberer. Ja, und wär's nicht besser, wenn er sich von uns undankbar und schlecht behandeln ließe als von andern?

Erster Zauberer. Schweigen Sie.

Zweiter Zauberer. Ich kann auch meine Meinung sagen; ich war auch einmal ein starker Geist, jetzt bin ich ausgeraucht.

Fee Aprikosa. An allem ist die Fee Diskantine schuld, ihre schöne
Stimme hat ihn bezaubert.

Pamphilius. Also das ist die einzige Klage gegen den Zauberkönig? Nun, da muß ich Ihnen schon aus dem Traum helfen. Es ist wahr, Diskantine hat durch ihren Gesang vieles für die Menschen von ihm erwirkt; da sie aber mit ihrer Protektion auf lauter Unwürdige stieß, so ist er darüber so erzürnt, daß er sie auf die Spitze eines Berges verbannt und dort in einen Baum verwandelt hat.

9

Zweiter Zauberer. Was Sie sagen!

Pamphilius. Weil aber ihre herrliche Stimme ihn so oft entzückte, so wollte er ihr dieselbe auch als Baum nicht entreißen.

Erster Zauberer. Also singt dieser Baum?

Pamphilius. Alles vom Blatt. Damit jedoch der Geisterfürst nicht mehr so belästigt werde, hat er den Ausspruch getan, daß von dem Augenblicke an kein Sterblicher sich seinem Palaste nähern dürfe, ehe er nicht diesen Berg erstiegen und, ohne sich umzusehen, einen Zweig von dem singenden Baume abgebrochen hat.

Fee Amarillis. Und was nützt dieser Zweig?

Pamphilius. Er ist ein Talisman, der vor allen Gefahren schützt und sicher in das Reich des Zauberkönigs geleitet.

Zweiter Zauberer. Wollen Sie mir nicht sagen, mein Scharmantester, wenn sich einer umschaut, was ihm geschieht?

Pamphilius. Er wird sogleich, mein Stupidester, entweder in ein Tier oder in eine Blume verwandelt; der böse Genius Koliphonius ist dort angestellt mit 2000 Rubel jährlich, damit er durch einen listigen Hokuspokus die Leute zum Umschauen bringt. — Gelingt es ihm, so sind sie in seiner Macht, und dann läßt er sie auch nicht mehr aus. Er hat in der kurzen Zeit schon einen prächtigen Tiergarten beisammen. Und nun, was sagen Sie jetzt von dem Zauberkönig? Ist er in Ihren Augen gerechtfertiget?

Alle. Hoch lebe der Zauberkönig!

Pamphilius. Also folgen Sie mir, ich will Sie melden.

Chor.
Wie uns die Freude glühend belebt,
Wie sich die Hoffnung mächtig erhebt,
Schnelle Gewährung wird unser Lohn,
Bringen die Bitten wir vor den Thron;
Jauchzet den König aus seiner Ruh,
Ewiges Vivat töne ihm zu

(Alle gehen ab.)

Fünfte Szene.
(Zauberkabinett.)

Longimanus liegt in einer idealen Bettstätte, reich verziert,
in welcher statt dem Bettgewande Wolken eingebettet sind.
Vier Genien sind beschäftigt, seine Kleider zu ordnen und
ein Waschbecken herzurichten, dann bleiben sie in
horchender Gruppe stehen, sein Erwachen abzuwarten.
Longimanus regt sich, die Genien entfliehen; die Musik
endet.

Longimanus (im Schlafrock mit goldenen
Zaubercharakteren, wirft die Überdecke aus Wolken von
sich, setzt sich im Bette auf und gähnt). Ach ja! Wieviel Uhr
ist's denn schon? (Sieht auf eine Stockuhr, die neben seinem
Bette auf einem goldenen Tische steht.) Siehst du's! Siehst
du's! Schon halb 11 Uhr! Ich habe halt wieder vergessen,
daß ich den Wecker aufgezogen, und der Pamphilius weckt
mich auch nicht auf. (Läutet.) Pamphilius! Wo steckt Er
denn?

Sechste Szene.
Pamphilius. Voriger.

Pamphilius (springt schnell herbei). Was steht zu Befehl, Euer
Großmächtigkeit?

Longimanus. Wo schliefst du denn herum? Warum hast du
mich nicht aufgeweckt? Und wer hat mir denn heute nacht
aufgebettet?

Pamphilius. Ich, mächtigster Sultan der Welt.

Longimanus. Daß du mir keine so feuchten Wolken mehr
einbettest. Ich will trocken liegen; ich glaub' gar, du hast
Regenwolken erwischt, weil ich heut nacht so in die
Nassigkeit geraten bin. Und was hör' ich denn für einen
Rumor draußen im Vorzimmer? Ich glaub' gar, du haltst dir
junge Mäus' oder was.

Pamphilius. Allerhand Feen und verschiedene Zauberer sind
draußen; auch einige Hexen und anderes niederes
Geisterg'sindel.

Longimanus. Und was wollen s' denn schon wieder?

Pamphilius. Ihre Bitten und Klagen zu deinen
hochmächtigen Füßen niederlegen.

Longimanus. Das kann nicht sein; ich bin noch zu sehr
vernegligiert. Bring' Er mir nur die Bittschriften herein.
(Pamphilius geht ab.)

Siebente Szene.
Longimanus allein.

Longimanus. Das Volk hat nichts als Streit miteinander! ich

12

kann

mich gar nicht retten. Auf die Letzt werd' ich noch ein eigenes

Zeughaus errichten, wo nichts hineinkommt, als lauter Scheckel und

Haslinger.

Achte Szene.
Pamphilius mit Schriften. Voriger.

(Pamphilius übergibt die Schriften.)

Longimanus. Was hab' ich denn so Wichtiges jetzt sagen wollen?—Ja, einen Sessel.

(Pamphilius bringt einen Stuhl.)

Longimanus (setzt sich). Das werden wieder schöne G'schichten sein (liest). Da haben wir's ja! Nichts als schuldig sein s' einander. "Die Fee Tritschitratschi hat dem Zauberer Rutschiputschi einen Talisman geliehen, und er ihr ihn nicht zurückgestellt." Er soll ihn zurückgeben. Ich befiehl's. Auf der Stell'! (Nimmt eine andere Schrift.) "Die zwölf Himmelszeichen haben untereinander eine Rauferei gehabt. Der Schütz hat dem Steinbock ein Aug' ausgeschossen; dieser ist in die Wag' gesprungen und hat sie mitten voneinander gerissen; die Zwillinge haben sich dareingemischt und wären beinahe von dem Löwen zerrissen worden, wenn sie sich nicht hinter die Jungfrau versteckt hätten. Alle sind beschädigt; der einzige Krebs hat sich zurückgezogen. Man bittet, sie reparieren zu lassen." Das wird wieder was Schönes kosten! (Nimmt die dritte Schrift.) Was ist denn das? Was wollen denn die schon wieder? "Die zwei Vorsteherinnen der ehrsamen

13

Drudenzunft bitten für ihr Gremium um Wiedereinsetzung ihres vorigen Amtes auf der Welt." Du verdammte Bagage! Die Druden wollen wieder auf die Welt hinunter! Den Augenblick läßt du mir s' hereinkommen.

(Pamphilius geht ab.)

Neunte Szene.

Longimanus (allein). Das wär' eine schöne Pastete, wenn die wieder auf die Erde kämen, die Leut' seckiern! Manchen Menschen drucken schon seine Schulden genug; er braucht gar keine Drud'—(Von innen wird geklopft.) Aha! Nur herein! Nur herein!

Zehnte Szene.
Voriger. Pamphilius. Zwei Druden,

grau gekleidet mit offenen Schleiern; das Haupt und die Brust verhüllt. Das Kleid ist unten mit Zeichen des sogenannten Drudenfußes garniert; auch tragen sie einen Drudenfuß als Medaillon auf der Brust; das Gesicht mit alten Weiberlarven bedeckt; sie stürzen Longimanus zu Füßen.

Die Druden. Mächtiger Herrscher, erbarme dich!

Longimanus. Schau', wie fein! Grad' die säubersten haben s' ausg'sucht. Womit kann ich dienen, meine schönen Damen?

Erste Drude. Herr! Es sind nun schon fünfzig Jahre, daß du uns von der Erde zurückberufen hast, und wir wissen nicht, wodurch wir das verschuldet haben?

14

Longimanus. Ja, meine lieben Fräulein Drud', mir ist leid, aber es kann nicht anders sein.

Erste Drude. Hör' unser Flehen! Gib uns wieder unsere Macht; die
Menschen sehnen sich nach uns.

Longimanus. Ob du still bist oder nicht!—Was fällt euch ein? Es redt gar kein Mensch mehr von ihnen, denkt gar kein Mensch mehr an sie, und jetzt wollen s' auf einmal wieder ihre vorige Druckfreiheit haben. Ich lass' die Menschen nicht mehr so kujonieren. Anno 1837 eine Drud'! Die Leut' müßten einen nur auslachen.

Erste Drude. Aber hat man uns denn nicht sogar durch eine Oper verewigt; "Das Neusonntagskind"!

Longimanus. Ah, was Oper! was Neusonntagskind! Die Leut' sind oft die ganze Woche kindisch, nicht nur an einem Sonntag. Es nutzt nichts! Ich hab' nichts gegen euch; ein jeder Stand verdient Achtung, also auch eine Drud'. Meine Mutter war selbst eine, und ich bin doch Zauberfürst geworden.

Erste Drude. Aber haben wir denn nicht stets unsere Schuldigkeit getan? Hier sind unsere Attestate von dem Genius der Träume.

Longimanus. Ja, das ist wahr, ihr wart brave Druden, habt die Leut' gedruckt, daß es eine Schand' und ein Spott war. Aber jetzt ist's vorbei. Ihr habt's eure Pension und da könnt's zufrieden sein. Und jetzt hinaus, auf der Stell'!

(Beide Druden küssen ihm weinend das Kleid und gehen ab.)

15

Elfte Szene.
Longimanus. Pamphilius.

Longimanus. Und jetzt ist's gar für heute mit der Klagerei; ich
zürn' mich zuviel. Die andern sollen übermorgen kommen oder aufs
Jahr. Laß mir jetzt den Zephises herüberkommen, den ich unter die
Geister aufgenommen habe. Was macht er denn?

Pamphilius. Er sitzt mit drei Feuergeistern bei einem Wolkentisch und spielt Whist mit ihnen.

Longimanus. Whist spielen s'? Ist ein schönes Spiel, das Whist; wenn nur nicht so viel ausg'macht würde dabei. Mich haben s' einmal auf der Erde unten aus fünf Kaffeehäusern hinausgeworfen, weil ich gar so schlecht gespielt hab'. Ja, damals war ich noch ein rechter Wüstling, aber jetzt freut's mich nicht mehr. Na, so laß mir ihn nur herüberkommen; wenn er auch ein paar Fisch' verliert, wegen so ein paar Forellen wird's nicht aus sein, um Goldfisch spielen s' doch nicht. (Pamphilius geht ab.)

Zwölfte Szene.

Longimanus (allein). Ich hab' ihn recht gern, den Zephises! Wie ich vor zwanzig Jahren auf der Erde herumgereist bin, so hab' ich ihn in Ägypten kennen gelernt, wo er die Zauberei studiert hat, er war just im dritten Jahr Magie. Dann bin ich mit ihm nach Österreich gereist, hab' ihm ein Haus und einen Garten gekauft und sein Zauberkabinett eingerichtet. Da ist ihm seine Frau gestorben — war eine recht hübsche Frau—hernach hab' ich mich auch nicht mehr lang aufgehalten, und weil er gar so lamentiert hat, hab' ich ihm versprochen, wenn er stirbt, ihn unter die Geister aufzunehmen; und jetzt hab' ich auf einmal g'hört, daß ihn der Blitz erschlagen hat; da hab' ich ihn also durch meine Geister gleich heraufexpedieren lassen. Da kommt er schon!

Dreizehnte Szene.
Zephises. Voriger.

Zephises (als Geist im weißen Zaubertalar, mit schwarzen Charakteren). Fürst der Lüfte! Wo soll ich Worte des Dankes finden?

Longimanus. Ist schon so gut! Nur keine Komplimente unter guten Freunden. Mich freut's vom Herzen, alter Schwed'! Hat er dich einmal erwischt, der Tod, beim Zwiefachel? Richtig, da auf der Seiten hat er ihn g'streift, der Blitz; da schwefelt er ein wenig. Wie g'fallt's dir denn bei mir heroben? Haben wir nicht eine frische Luft?

Zephises. Herr, darf ich es dir gestehen, daß selbst in dem Wonnemeer von Herrlichkeiten, das mich in deinem Zauberreiche umfließet, mein Vaterherz doch einen tiefen Schmerz empfindet, den es dir nicht verhehlen kann?

Longimanus. Aha! (Fährt mit der Hand an Zephisens Stirn vorbei.)
Hat ihn schon erwischt! Zuckt schon!

Zephises. Als du uns armen Sterblichen die Gnade deines Besuches gewährtest, hat deine Milde mich mit großen Schätzen beschenkt.

Longimanus. Ja, richtig! Hast du alle angebracht?

Zephises. Nein, Herr! Ich habe sie in meinem Kabinett verborgen und dieses mit einem Zauber belegt, daß kein Sterblicher es öffnen kann, wenn ich ihm nicht die Mittel dazu anzeige.

Longimanus. Nun, in meinem Reich brauchst keine Schätze, da lebt man von der Luft, daß es nur eine Freud' ist.

Zephises. Hab' ich denn nicht einen Sohn, den ich hilflos zurückgelassen habe?

Longimanus. Du hast einen Sohn?

Zephises. Erinnerst du dich nicht mehr des kleinen Eduards?

Longimanus. Richtig! Er hat ja zu meinen Füßen gespielt und hat mich immer in die Waden gezwickt, wie ich damals noch welche g'habt hab'.

Zephises. Ein schneller Tod hat mich der Erde entrissen, ich konnte meinem Sohn kein Zeichen meines letzten Willens hinterlassen; darum erhöre mein Flehen! Sende ihm einen deiner Geister, lasse ihm die Geheimnisse jenes Kabinettes enthüllen, und erlaube dann, daß er sich selbst vor deinen Thron werfen und die Gewährung einer Bitte erflehen darf, die seinem Vater nicht mehr vergönnt war, an dich zu wagen.

Longimanus. Das kann nicht sein; zu mir darf er nicht herauf, wenn er nicht einen Zweig mitbringt von meinem musikalischen Baum. Ich möcht' ihn recht gern einmal sehen, den kleinen Eduard;—aber ich kann mein Wort nicht umstoßen.

18

Zephises. Mein Sohn wird keine Gefahr scheuen, sich dir zu nähern.

Longimanus. Das geht mich nichts an.

Zephises. Rette ihn nur vor Mangel und Verzweiflung.

Longimanus. Siehst du's, jetzt wird dir bang'; aber so geht's manchen Eltern, die Geld haben, lassen den Kindern nichts lernen. Geschieht nachher ein Bissel ein Unfall, und ein solcher Mensch soll sich selbst etwas verdienen, steht der Dalk da. Da werden wir gleich helfen.—Pamphilius!

Vierzehnte Szene.
Pamphilius. Vorige.

Longimanus. G'schwind zu dem sein' Sohn ein paar wohltätige
Geister hinunter, ich werd' ihnen schon sagen, was sie zu tun haben.

Pamphilius. Ja, es ist nur fatal—

Longimanus. Ich weiß schon, freilich ist's fatal; sie sind jetzt alle in der Arbeit, es ist keiner zu Hause, aber das nützt nichts, es muß einmal sein. Schau halt, daß du wo ein paar zusammenfangst. Allez!

(Pamphilius geht.)

Zephises. Herr, wie soll ich dir danken?

Longimanus. Halt's Maul! He, Pamphilius, noch eins!

(Pamphilius kehrt schnell um.)

Longimanus. Den wievielten haben wir heut?

Pamphilius. Den 27. November.

Longimanus. Warum nicht gar? Du verdammte G'schicht! Ich hab' schon immer nachgedacht; November! Und ihr habt ein Donnerwetter g'habt? Dich hat der Blitz erschlagen, statt daß es schneien soll?

Pamphilius. Ja, großer Sultan, das ist jetzt die allgemeine Klage der Menschen, daß es im Winter warm ist und im Sommer kalt.

Longimanus. Ja. für was zahl' ich denn meine Jahrszeiten, wenn
sie mir so eine Konfusion machen? Da muß ich ja mit dem polnischen
Donnerwetter dreinschlagen. Pamphilius, geschwind laß mir den
Winter heraufkommen.

(Pamphilius geht schnell ab.)

Longimanus. Halt! (Pamphilius kehrt schnell um.) Die andern
Jahrszeiten auch, g'schwind!

Pamphilius. Na, heut lauf ich mir noch die Füß' aus der Wurzel.
Verdammter Dienst! (Läuft schnell ab.)

Longimanus. Hat ein recht ruhiges Brot bei mir, der Pamphilius; er halt aber aus, wie ein Pferd. Jetzt lauft er schon 2000 Jahr' und hat noch gesunde Huf; er kriegt keine Steingallen, nicht einmal den Spat hat er noch g'habt.

Fünfzehnte Szene.
Die vier Jahreszeiten. Vorige.

(Der hinter trägt einen schwarzen Pelz, Pudelmütze, einen
kleinen Stutzen [Muff], ganz beschneit. Der Sommer im
nankingenen Frack, Beinkleid, einen modernen Strohhut
mit Kornblumen darauf und ein Parasol in der Hand. Der
Herbst, mit dicken Backen und wohlbeleibt, hat eine grüne
Wirtsjacke, Fürtuch, Käppchen mit Weinlaub besteckt, unter
dem Arme ein kleines Fäßchen, worauf Most steht, in der
Hand eine große Traube. Der Frühling, ein junges
Gärtnermädchen, mit Rosen auf dem Hut und einem
Rosenstock im Arme, treten furchtsam ein.)

Longimanus. Nur näher da, ihr vier Haimonskinder! Was
muß denn ich hören? Warum betragt ihr euch nicht, wie es
sich für rechtschaffene Jahrszeiten schickt? Was ist denn das
für ein liederlicher Lebenswandel, Monsieur Winter? Schämt
Er sich nicht? So ein eisgrauer Mann und fangt auf einmal
an, hitzig zu werden! Warum hat's eingeschlagen im
November? Ich will's wissen!

Winter (im Baßtone). Euer G'streng', ich kann nichts dafür.
Der Sommer tut mir alles mit Fleiß; er möcht' gern alles
wissen, und da blitzt er immer herüber auf mich.

Longimanus. Der Sommer soll sich gar nicht rühren; der ist
seit einigen Jahren wie ausgewechselt. Ich glaub', er verlegt
sich aufs Trinken, weil er immer so naß ist.

Herbst. Eur' königliche Durchlaucht, ich bitt' ums Wort!
Der Sommer kann nichts dafür; der Winter läßt ihm keine
Ruh'. Wann er Eiszapfen übrig hat, so schickt er ihm s'
herüber, daß's im Sommer schauert. Nachher fangen sie zu
disputieren an, der Sommer kommt in Zorn, und so gibt's

alle Tag ein Wetter.

Sommer. Ja, das ist auch wahr; der Herbst ist noch mein einziger Freund, er putzt mich wieder heraus! Die Leute schimpfen über mich, und ich kann nichts dafür.

Longimanus. Und jetzt basta! Ich will haben, daß ihr euch vertragen sollt. Auf die Letzt verderbt's mir da meinen Frühling auch noch; das ist noch die bravste, das ist noch meine liebste Jahrszeit, der Frühling! (Kneift sie in die Wange und gibt ihr ein Goldstück.) Da hast was auf ein Kipfel, du Tausendsasa, du!

Frühling. Ich küss' die Hand, Euer G'streng'! Ich werd' mich schon gut aufführen. (Küßt ihm die Hand.)

Longimanus. Und jetzt marschiert's! Und wenn ich noch einmal eine
Klag' hör', so weiß ich, was ich zu tun hab'; besonders der Sommer,
nehm' Er sich zusamm'. Wenn aufs Jahr in Baden nicht alle Quartiere verlassen sein, so schau' Er zu. Und der Winter auch!
Daß's heut noch schneit und morgen der Eisstoß geht. Jetzt hinaus!

(Alle vier Jahreszeiten gehen ab.)

Longimanus. Komm, mein lieber Zephises, jetzt werd' ich für deinen Sohn sorgen, ich werd' ihn glücklich machen. Aber das sag' ich dir, wenn du dich unterstehst, ihm einen heimlichen Wink oder Rat zu geben, so hast du es mit mir zu tun. Jetzt kannst mit mir ein kleines Gabelfrühstück einnehmen; ich hab' ein bisserl ein Eingemachtes von einem jungen Krokodil ang'schafft.

(Beide ab.)

Sechzehnte Szene.

(Geheimes Kabinett des Zephises. Die Hinterwand, an der sich keine

Möbel befinden, ist mit magischen Zeichen und Figuren bemalt. An

der Seite befindet sich ein Zaubertisch, worauf ein kleiner Zauberer steht; neben ihm eine Glocke, auf welche er mit einem

Hammer schlägt. Auf der entgegengesehen Seite eine Türe.)

Florian Waschblau kommt mit einer Butte auf dem Rücken, worin sich verschiedene Kleidungsstücke befinden; stellt sie beim Eintreten nieder.

Arie.

Ich bin der liebe Florian,
So heißen mich die Leut',
Und wenn mich jemand brauchen kann,
Bin ich gleich bei der Schneid'.
Im Kopf hab' ich auf Ehr' nicht viel,
Noch weniger im Sack,
Nur daß ich nichts als essen will,
Das ist mein' größte Plag'!
Ich g'hör' nur der Mariandl zu,
Auf d' Nacht sowie beim Tag,
Und wissen S', warum ich das tu'?
Weil mich sonst keine mag.
Und foppt mich einer, was er kann,
So fühl' ich keinen Neid;
Denn fangen d' Leut' zum Lachen an,
Das ist mein' größte Freud'!

Florian. Ja, ja, mein lieber Florian! Jetzt wirst du halt bald fort müssen aus dem Hause, wo dir die Tage in einem ewigen Rausch hing'schwunden sind. Mein armer junger

Herr, wie wird's denn dem gehen? Keinen Kreuzer hat uns der Alte unterlassen, als das einschichtige Haus. Wenn er nur wo was zu leihen kriegte; aber nicht einmal einen Satz übers Haus kann er machen, es ist ja ganz verrufen. Wer wird denn ein Haus kaufen, wo die Hexen wie die Schwalben aus und ein geflogen sind? Ich weiß nicht, was er anfangen wird; um mich ist mir nicht bang', ich werd' mich schon wo anlehnen lassen an eine Planken. Wenn ich nur ihn unterzubringen wüßt', auf einem Kontor bei einem Sauerkräutler oder wo. — Er ist in der größten Verzweiflung! Gestern hat er geweint, hat mir das letzte Dreiguldenzettel gegeben, und hat g'sagt, ich möcht' davon vier Gulden unter die Armen austeilen, und mit dem, was übrig bleibt, soll ich hingehen, wohin ich will. Ich kann ihn aber nicht verlassen, es ist unmöglich! Ich hab' erst unlängst eine Schöne G'schicht' gelesen von einem römischen Löwen, der sein' Herrn, dem Anton Trokles, so anhänglich war; — und wenn ein solches Tier so handeln kann, so werd' ich's doch auch noch zuwege bringen. Ich hab' schon angefangen, ich hab' alle meine Kleider zusammengepackt, hab' auch der Mariandel, unserer Köchin, ihren ganzen Kasten ausgeräumt, hab' von dem Milchweib da diese Butten zu leihen genommen, damit nichts ausplanscht wird, hab' die Kleider recht hineing'stampft; und weil in das Kabinett, was unserm alten Herrn sein Zauberlaboratorium war, selten wer kommt, so habe ich den Juden herbestellt, dem verkauf' ich's, und das Geld steck' ich heimlich in mein' Herrn sein Brieftaschel. (Sieht auf den kleinen Zauberer.) Jetzt hat der Spitzbub' alles g'hört. Wirst du denn wem was sagen davon? (Der kleine Zauberer deutet nein mit dem Kopfe.) Der sagt einem alles. Wird meinem Herrn ein Unglück zustoßen? (Zauberer deutet nein.) Etwann mir? (Zauberer deutet ja, Florian drohend.) Du! Sag' du mir, bin ich ein g'scheiter Kerl? (Zauberer deutet nein.) Ist schon richtig; — bin ich etwa dumm? (Zauberer deutet ja.) Alles weiß er. Wie viel dumme Streiche werd' ich denn noch machen? (Der Zauberer schlägt auf die Glocke: eins, zwei, drei, dann recht schnell und oft hintereinander.) Hörst auf, du verdammter Kerl! (Hält ihm die Hand.) Solang leb' ich gar nicht.

Siebzehnte Szene.
Mariandel (von innen). Voriger.
(Mariandel klopft von außen.)

Florian. Aha, das ist der Jud'! (öffnet, Mariandel tritt ein.) Nein, schaut's, ist a Jüdin.

Mariandel. Ach, ich unglückliche Person, was fang' ich an? Da steht er herin, statt daß er im Haus acht gibt. Ach, warum hat mich der Himmel gestraft, daß ich einen solchen Einfaltspinsel zum Liebhaber hab'.

Florian. Das wird doch eine schöne Stichelei sein!

Mariandel. Was stehst denn da?—Was stehst denn da, du miserabler Mensch; und mir räumen s' derweil den ganzen Kasten aus. Ich bin bestohlen!

Florian. Hör' auf! Haben s' dir etwann deinen üblen Humor g'stohlen?

Mariandel. Nein, meine Kleider, meine Wäsch', meine reiche Haube!—
Ich bitt' dich, den Diebstahl,—die schöne Wäsch'!

Florian. Nein, mein Schatz, das ist eine wilde Wäsch'!

Mariandel. Und meine guten Perl'.

Florian (für sich). So? Die hab' ich auch erwischt? Das hab' ich nicht einmal gewußt.

Mariandel. Ich glaub' gar, du lachst noch? Jetzt geh' ich gleich zum gnädigen Herrn und erzähl' ihm alles. Dem Dieb muß nachgesetzt werden (will ab).

Florian. Halt, sag' ich. Du bleibst da! Ich kenn' den Dieb.

Mariandel. Was?

Florian. Er ist ein sehr guter Freund von mir.

Mariandel. So? Du schlechter Mensch! Auf die Letzt bist du ein
Räuberhauptmann! Ich geb' dich an, auf der Stell' (will fort).

Florian. Da bleibst, sag' ich, oder—

Mariandel. Das nutzt nichts—ich will meine Sachen haben.

Florian. Das Sachen ist da.

Mariandel. Wo?

Florian. In der Butten.

Mariandel. Ah, Spektakel! Heraus gibst mir's!

Florian. Nur Geduld!

Mariandel. Daß mir nichts zermudelt wird.

Florian. Ist alles in der schönsten Ordnung! (Er leert die Butten aus, seine und ihre Kleider fallen in der größten Unordnung heraus; ganz kalt.) Such' dir deine Sachen heraus.

Mariandel. Aber Florian, was hast denn gemacht? Bist du besessen?

Florian. Still, Marianne! Du wirst wissen, daß unsere Herzen verbunden sind?

Mariandel. Ja, leider bin ich so unglücklich, deine Geliebte zu sein! Was war ich für ein Dalk! Was hab' ich für Partien ausgeschlagen! Ich hätte vor kurzem noch können so einen reichen Ochsenhändler heiraten, wär' eine reiche Frau worden, die so viele Ochsen g'habt hätt', und an dir hab' ich nur einen einzigen.

Florian. Wer's Wenige nicht ehrt, ist's Mehrere nicht wert. Doch nichts mehr über diesen Gegenstand, er ist zu subtil, um ihn lange zu besprechen. Wir sind jetzt sieben Jahr' in diesem Haus; ich hab' dir diese Sachen geschafft, folglich kann ich s' auch wieder an mich reißen; ich hab' sie wollen von hier wegschicken.

Mariandel. Wohin?

Florian. Nach Judenburg. Kurz, ich hab' sie wollen an einen polnischen Juden verkaufen, um userm jungen Herrn für den Augenblick aus seiner Verlegenheit zu helfen. Wir sind seine zwei einzigen Dienstboten, wir müssen ihm einmal zugetan sein.

Mariandel. Aber Florian, schau, was treibst? Warum hast du denn mir nichts gesagt, so hätten wir Mittel gemacht. Von der Pistolen hast ihm auch den Hahn heruntergeschraubt; er hat mich g'fragt, wo er hingekommen ist?

Florian. Der Hahn? Hättest du gesagt, du hast ihn abgestochen, weil du keine Händel mehr g'habt hast.

Mariandel. Na, jetzt bin ich schon wieder ruhig! Pack' nur die
Kleider zusammen, der Herr kommt.

Achtzehnte Szene.

Eduard. Vorige.

Eduard (verdrießlich). Was macht ihr hier? Laßt mich allein.

Mariandel. Schau ihn nur an, wie er aussieht.

Florian. Was er vorn für eine Blässe hat. Gnädiger Herr, schaffen
Sie vielleicht einen Melissengeist oder ein darniederschlagendes
Pulver?

Eduard. Ich danke euch; geht nur.

Florian. Der arme Mann! Gnädiger Herr, wenn Sie sollten in
Ohnmacht liegen, dürfen Sie nur läuten, wir werden gleich
da sein.

Eduard. Willst du mich böse machen? (Faßt sich.) Geh,
Florian!

Florian. Florian hat er g'sagt, hast das g'hört? Das ist ein
Unglück.

Mariandel. Nun, wie soll er denn zu dir sagen, wenn du so
heißt, etwa Annamiedel? So geh' nur einmal!

Florian. Mariandel, mit dem ist's zu, der lebt uns keine
hundert
Jahr' mehr. (Beide ab.).

Neunzehnte Szene.

28

Eduard (allein). Nun bin ich allein, im wahren Sinne des Wortes; denn meines Vaters Tod hat mein ganzes Glück vernichtet. Welche Wunder umgeben mich seit meiner Kindheit! Sein Körper ist durch übernatürliche Mächte plötzlich vor unsern Augen verschwunden. Er hat mir oft versprochen, nach seinem Tode große Reichtümer zu hinterlassen; doch im ganzen Hause findet sich keine Spur eines Vermächtnisses. Was soll ich beginnen? Ich finde auch keine Hilfe bei Freunden. Als den Sohn eines berüchtigten Zauberers flieht mich jedermann, was soll aus mir werden? Entsetzliche Lage! Verzweiflungsvolles Los! (Wirft sich in einen Stuhl. Es wird von unten geklopft.) Wer klopft? Herein!

Zwanzigste Szene
Die Hoffnung, auf einen goldenen Anker gestützt, kommt aus der Erde.

Hoffnung (ist ideal gekleidet, spricht sehr lebhaft und munter). Sie pardonieren, mein Herr, daß ich die rechte Tür verfehlte; doch ein Frauenzimmer, die so viele Geschäfte hat, wie ich, nimmt das nicht so genau. Nun, so heißen Sie mich doch willkommen! Sie sind ja ganz verblüfft?

Eduard. Welch eine angenehme Erscheinung! Mir wird so wohl in
Ihrer Nähe.

Hoffnung. Wie? Kennen Sie mich nicht, junger Herr?

Eduard. Ich habe wirklich nicht die Ehre—

Hoffnung. O pfui! Sagen Sie das nicht! Eine Person nicht zu kennen, die in allen Kalendern und Taschenbüchern schon bis zum Überdrusse abgebildet ist. Kennen Sie mich wirklich nicht? Ich habe Sie als Kind auf meinen Armen getragen, als Knabe Ihre Schmerzen versüßt, wenn Sie die Rute bekommen sollten; als Jüngling Ihnen die Leiter gehalten, wie Sie zu Ihrem Liebchen auf die Terrasse gestiegen sind—

Eduard. Ah, Sie sind—

Hoffnung. Die Hoffnung, untertänigst aufzuwarten, nicht nur die
Ihrige, sondern die der ganzen Welt.

Eduard. O, so laß mich zu deinen Füßen stürzen, Tochter des
Himmels.

Hoffnung. Langsam, mein Herr, nicht so rasch! Sieh, sieh, wie exaltiert. Hat Sie meine Feindin, die Furcht, schon verlassen, weil Sie so schnell wieder zu meiner Fahne schwören? Wissen Sie vielmehr, daß das sehr unartig ist, eine Dame vor sich stehen zu lassen, ohne ihr einen Sitz anzubieten! Oder glauben Sie, weil sich so viele Leute auf mich stützen, daß ich keiner Stütze bedürfe? Nein, mein Herr, einen Sitz.

(Eduard reicht ihr einen Sessel.)

Hoffnung. So! Nun stellen Sie sich in die erste Position vor mich und hören Sie, was ich Ihnen zu sagen habe.

Eduard. Ich hin ganz Ohr.

Hoffnung (hustet). Monsieur! Ich habe Ihnen ein sehr artiges Kompliment von meiner Schwester auszurichten. Was glauben Sie wohl, wer sie sei? (Eduard zuckt die Achseln.) Das Glück.

30

Eduard. Das Glück? Welch einen schönen Namen lassen Sie in meinen
Ohren ertönen!

Hoffnung. Das könnte mich eifersüchtig machen. (Mit einem Seufzer.) Doch ich bin es gewohnt, von ihr verdrängt zu werden. Sie hat versprochen, Sie in Protektion zu nehmen. Ich könnte Ihnen zwar sagen, daß sie eine leichtfertige Person ist, die sich sehr stark schminkt und nur von ferne schön ist; doch, Sie werden mir nicht zumuten, daß ich imstande wäre, meine Schwester zu verkleinern. — Jetzt zu meinem Auftrag! Meine Schwester läßt Ihnen sagen, Sie möchten sans façon in jener Ecke des Zimmers den Boden öffnen, einen goldenen Schlüssel herausnehmen und damit diese Wand aufschließen; das übrige wird Ihnen wie gebratene Tauben von selbst in den Mund fliegen. Ich aber habe die Ehre, mich als Ihre ergebene Dienerin zu empfehlen.

Eduard. Wie? Sie könnten mich verlassen? —

Hoffnung. Ihr Glück beginnt — meine Rolle ist ausgespielt. Hüten Sie sich, daß Sie mich nicht bald wieder rufen; oder glauben Sie, ich habe nichts zu tun, als mit Ihnen die Zeit zu verschwätzen? In diesem Augenblicke bin ich zu Millionen bestellt, die nach mir schmachten. Advokaten, die ihre Prozesse gewinnen wollen; arme Gefangene, die auf Erlösung hoffen; Sterbende sogar, die mich in der letzten Minute noch zu sprechen wünschen; des Heeres der Verliebten gar nicht zu gedenken, welches mich durch namenlose Anforderungen fast zu Tode martert. Darum adieu! Nun küssen Sie mir die Hand, Sie liebenswürdiger, junger Mann! Adieu, Sie Loser! Vergessen Sie nicht wieder ein Frauenzimmer, welches die Plage auf sich hat, Sie durch Ihr ganzes Leben begleiten zu müssen. (Macht ihm einen Knix und geht durch die Türe ab.)

Einundzwanzigste Szene.

Eduard (allein). Sonderbare Erscheinung! Soll ich ihr
Glauben schenken? Sie ist ein Frauenzimmer ! Nun, wär' ich
der einzige Mensch in dieser Welt, der sein Glück einem
Frauenzimmer zu verdanken hätte? Laß sehen, schöne
Hoffnung, wir wollen dich auf die Probe setzen, ob deine
launigen Versprechungen weniger täuschen, als die
heroischen Liebesschwüre unserer heutigen Mädchen. Dort
ist der Fleck. (öffnet ein kleines Türchen im Boden.)
Wahrhaftig! Bald hätt' ich meinem smaragdenen Engel
unrecht getan. Hier ist der Schlüssel. Vivat, Eduard! Schnell
ans Werk! (Öffnet die Wand, welche in die Höhe schwebt
und einen Rahmen zurückläßt, durch welchen man in eine
dunkelblaue, mit Gold verzierte runde Halle sieht, in der auf
jeder Seite drei weiße mythologische Figuren unbeweglich
stehen. Auf den sechs Piedestalen stehen die Worte:
Dukaten, Louisdor, Taler, Sovereigndor, Perlen, Granaten.
Mitten aber steht ein leeres rosenrotes Piedestal, welches den
halben Kreis schließt, worauf kein Wort steht, aber eine
Pergamentrolle liegt.—Die ganze Gruppe ist hell beleuchtet.)
Bin ich in einem Feenpalaste? Sind diese Schätze mein? Ist es
ein Traum? (Öffnet eine von den Türchen der Piedestale,
man sieht Gold aufgehäuft.) O nein! Goldene Wirklichkeit!
Was bedeutet diese Pergamentrolle? (entfaltet sie und liest.)
"Teurer Sohn! Die Schätze, welche Du in diesem
geheimnisvollen Gewölbe entdecktest, waren mein
Eigentum, sind nun das deinige. Die sechs Statuen sind von
hohem Werte; ich habe sie in einer huldvollen Stunde durch
die Gnade des Geisterkönigs zum Geschenk erhalten. Mache
einen weisen Gebrauch davon. Doch, sollte bei dem
glücklichen Überfluß an Wünschen, zu denen Dich Deine
Jugend befeuert, auch der in Deiner Brust aufsteigen, daß
Du die siebente Statue besitzen möchtest, welche von

32

rosenroten Diamanten und der größte Schatz ist, den Du
auf Erden besitzen kannst, so wende Dich bittend an den
Zauberkönig. Du wirst in meinen magischen Werken, die
ich Dir hinterließ, die genaueste Anleitung finden, auf
welchem Wege Du zu den Stufen seines Thrones gelangen
kannst." (Legt die Schrift wieder hin.) Welch eine Reihe von
Wundern drängt sich an meinen erstaunten Sinnen
vorüber! (Tritt heraus, die Wand schließ sich.) Ist es
Wahrheit? Diese plötzliche Veränderung meiner
Glücksumstände! Ich war ein Bettler, jetzt bin ich ein
Krösus!—Doch, was ist das für eine siebente Statue von
rosenrotem Diamant? Welch ein dunkles Verlangen
beherrscht mich, auch sie zu besitzen! Ach, warum kann ich
nicht in dieser Minute zu des Geisterkönigs Füßen sinken!
Gäb' es denn keinen wohltätigen Genius, der mich
augenblicklich in seine Nähe bringen könnte? (Die Figur des
kleinen Zauberers auf dem Tische verwandelt sich in den
kleinen Genius Kolibri.)

Kolibri (kann vor Tränen kaum reden). Ich!

Eduard. Welch ein holder Knabe! Wie heißest du, lieber
Knabe?

Kolibri (immer weinerlich und verdrießlich). Ich bin der
kleine
Kolibri.

Eduard. Und was bist du denn?

Kolibri (verdrießlich). Ein Genius. Siehst du denn das nicht?

Eduard. Aber warum weinst du denn?

Kolibri. Weil mich meine Mutter erst geschlagen hat.

Eduard. Warum?

33

Kolibri. Damit ich dir helfen soll.

Eduard. Und willst du mir denn nicht helfen?

Kolibri. I ja!—Aber ich habe gerade mit den andern Genien um goldene Äpfel gespielt, und da hat mir meine Mutter geschafft, ich möcht' es stehen lassen und zu dir herabgehen, weil der Zauberfürst es befohlen hätte; und weil ich nicht gleich ging, so hat sie mich geschlagen (weint).

Eduard. Du armes Kind! Wer ist denn deine Mutter?

Kolibri. Eine Fee, die von ihren eigenen Mitteln lebt.

Eduard. Nun, sei nur ruhig! Sieh, wenn du mir hilfst, so verspreche ich dir nicht nur einen, sondern viele hundert goldene Äpfel.

Kolibri (plötzlich freudig). Ist das wahr? Ach, das ist schön. (Springt vor Freuden.) Jetzt gib acht, wie ich mich ansetzen werde.

Eduard. Sage mir, auf welche Weise kannst du mir denn helfen?

Kolibri. Ich werde dir die Mittel zeigen, durch welche du zum Geisterkönig gelangst. Du mußt vorher einen hohen Berg ersteigen, und das weitere werde ich dir schon noch heimlich stecken. Du hast viele Gefahren zu bestehen; wir machen eine Luftreise. Wirst du auch standhaft bleiben?

Eduard. Gefahren stählen den Mut! Mein Verlangen nach dem
Zauberschatze wird immer glühender. Komm und geleite mich.

Kolibri. O, das geht nicht so geschwind, es ist gar ein weiter

Weg; ich muß mich erst um eine Landkutsche umsehen. Du darfst dich nicht fürchten, daß ich dich umwerfe; ich bin ein guter Postillon und blasen will ich, daß dir die Ohren zerspringen werden.

Eduard. Nun gut, ich will mich reisefertig machen.

Kolibri. Du kannst dir auch einen Bedienten mitnehmen, denn du scheinst mir ein sehr kommoder Herr zu sein. Also, es bleibt dabei? Leb' wohl! In einer Viertelstunde komm' ich wieder zurück; und wegen der Äpfel:—Ein Mann, ein Wort!

(Eduard reicht ihm die Hand hin.)
(Kolibri schlägt ein und geht gravitätisch ab.)

Eduard (allein). Bravissimo! Das geht ja prächtig! Schlag auf Schlag! Mein Glück fängt an mutwillig zu werden, und soviel ich merke, so habe ich's mit lauter dienstfertigen Geistern zu tun; da muß ja mein Frohsinn erwachen.

Zweiundzwanzigste Szene.
Mariandel. Florian kommt mit einem Trupp Nachbarsleute herein.
Voriger.

Chor.
Kommt herein! Kommt herein!
Werden schon willkommen sein.
Feinde schleichen sich herein,
Freunde treten rüstig ein.

Florian. Gnädiger! Da haben Sie s', losg'lassen hab' ich s'. Jetzt reden S' mit ihnen.

Eduard. Was treibst du denn, daß du mir diesen Trupp

Menschen ins
Zimmer bringst?

Mariandel. Ja, ich bitt', Euer Gnaden, er wird närrisch. Die
Leute! (Zu Florian.) Ich brächt' noch mehr, wenn ich wie du
wäre!

Florian. Ja, woher nehmen und nicht stehlen? Ich hab' die
überall zusammeng'sucht und hab' s' hergetrieben.

Eduard (zornig). Was wollen sie denn aber hier? Dummrian!

Florian (zum Nachbar). So red' der Herr!

Ein Nachbar. Gnädiger Herr, der Florian hat uns
zusammengerufen und hat uns Ihre Verlegenheit erzählt. Sie
waren gegen uns immer ein guter Herr, der uns manchmal
ein Glas Wein gezahlt hat; wenn's auch mit dem alten Herrn
nicht richtig zugegangen ist, das macht nichts. Wenn wir
Ihnen helfen können und können Ihnen einen Dienst
erweisen, so schaffen S' mit uns. Wir sind ja Ihre Nachbarn,
wer weiß, wer unsern Kindern einmal was tut.

Alle. Ja! ja! Schaffen S' nur, gnädiger Herr!

Eduard. Ihr guten Leute, nehmt meinen herzlichen Dank!
Ich kann zwar keinen Gebrauch von euren
freundschaftlichen Gesinnungen machen, doch ich werde sie
dankbar in mein Herz schreiben. Es hat sich ein
Vermächtnis meines Vaters vorgefunden, das mich bestimmt,
noch heute eine große Reise anzutreten, und wenn ich
glücklich zurückkehre, will ich den ersten Abend meiner
Ankunft in eurem fröhlichen Zirkel hinbringen.

Alle Nachbarn. Vivat! Unser Nachbar soll leben!

Ein Nachbar. So nehmen Euer Gnaden denn nichts für

ungut; und nachher hab' ich noch eine Bitt': Werfen S' auf
den Florian da auch keine Ungnad'! Er meint's nicht bös'
und er ist gar ein gutes Schaf!

Florian. O. du gemeiner Kerl!

Ein Nachbar. Und jetzt reisen S' recht glücklich und
kommen S' gesund wieder zurück.

Alle. Glückliche Reise! (Gehen mit Bücklingen ab.)

Dreiundzwanzigste Szene.
Eduard. Florian. Mariandel.

Eduard. Florian! Du hast meinen Entschluß gehört, mache
dich reisefertig, du wirst mich begleiten. Der Mariandel
übergebe ich die Schlüssel meines Hauses; ich kann mich auf
deine Treue verlassen.

Florian. Besser als ich!

Mariandel. Also Euer Gnaden wollen wirklich fort? Und der
Florian geht auch mit?

Florian. Ja, der Florian geht auch mit, und die Florianin
bleibt da.

Eduard. Nur muß ich dich benachrichtigen, daß unsere
Reise durch die Luft geht.

Florian. Für mich just recht; ich bin ohnedem ein lüftiges
Bürschel.

Eduard. Also nehmt euren zärtlichen Abschied, und dann
Mut,
Florian! In einer Viertelstunde geht es den Sternen zu! (Geht

ab.)

Vierundzwanzigste Szene.
Mariandel. Florian.

Mariandel. O Spektakel! Also ist unser Herr auch mit den
Geistern im Bunde? Und du willst wirklich mit ihm in die
Luft fahren? Wie lang bleibt ihr denn aus alle zwei?

Florian. Einige Vierteljahr'.

Mariandel. So lange? Wenn ihr aber herunterfallt?

Florian. Dann sind wir eher da.

Mariandel. Nein, die Angst steh' ich nicht aus; ich spring'
ins
Wasser.

Florian. Willst du mich zur Witwe machen?

Mariandel. Du unempfindlicher Mensch! Ist dir gar nicht
leid um mich?

Florian. Schau', Mariandel, ich hab' dich g'wiß recht gern,
du bist mein drittes Leben; aber wenn's mein' Herrn gilt, so
verkauf ich alle Mariandeln, wie s' sein, um zwei Groschen.

Mariandel. Ich seh's schon, ich muß nachgeben. Geh nur
auf deine
Luftreise, aber gib wenigstens acht auf dich, daß du mir
nicht etwa
wo in ein Luftloch fällst und brichst dir einen Arm oder ein
Paar
Füß'.

Florian. Gibst du mir kein Andenken mit?

Mariandel. Ja, was denn?

Florian. Einen Zehnguldenzettel.

Mariandel. Du hast ja mein Herz.

Florian. B'hüt' dich Gott und denk' an mich, wannst Zeit
hast

Duett.

Florian.
 Mariandel, Zuckerkandel
Meines Herzens, bleib' gesund.

Mariandel.
 Floriani, um dich wan' i,
Wenn du fort bist, jede Stund'.

Florian.
 Selbst mein Leben will ich geben,
Wenn ich tot bin, für dich hin.

Beide.
 Florian. Selbst mein Leben will ich geben,
Wenn ich tot bin, für dich hin.
 Mariandel. Selbst sein Leben will er geben,
Wenn er tot ist, für mich hin.

Mariandel.
 Wirst du, mein Florl, treu mir bleiben,
Weil dich mein Herz auch nie vergißt?

Florian.

Ich werd' mit nächster Post dir schreiben,
Daß du mein Herzensbinkerl bist.

Mariandel.
 Ich mache dich zum einz'gen Erben,
Wenn dich mein Auge nimmer sieht.

Florian.
 Wann du vielleicht derweil willst sterben,
So gib mir lieber all's gleich mit.

Mariandel.
 Erst wann ich kann ans Herz dich drücken,
Dann strahlt mein Auge hell und klar.

Florian.
 Da wirst du g'wiß nichts Neu's erblicken,
Denn ich bleib' stets der alte Narr.

Mariandel.
 Ah, das wird ja prächtig,
Da spring' ich hochmächtig,
Vor Freuden in d' Höh',
Als wie ein jung's Reh!

Florian.
 Dann gehst du zum Sperl,
Mit dein' lieben Kerl,
O jegerl, o je!
Das wird ein' Gaudee.

Beide.
Dort zechen wir beide beim fröhlichen Schmaus,

Florian.
 Und wenn ich ein' Rausch krieg', so führst mich nach

Haus.

Mariandel.
Und wenn du ein' Rausch kriegst, so führ' ich dich nach Haus'.

Florian.
O Wonne, o Wonne! sie führt mich nach Haus'.

Mariandel.
O Wonne, o Wonne! da führ' ich ihn z' Haus'.

(Beide ab.)

Fünfundzwanzigste Szene.
(Kurze Gegend mit Schnee bedeckt vor Eduards Hause. Man hört eine
Musik mit Posthornbegleitung, die das Anfahren eines Postwagens
ausdrückt.)

Kolibri (als Postillion gekleidet, kommt in einer Postkalesche, mit zwei russischen Füchsen bespannt, gefahren. Er bläst sein Posthorn, steigt ab, schnalzt mit der Peitsche und stampft mit dem Fuße vor dem Haustor.) Mordkreuztausend Bataillon! Die Schnellfuhr' ist da, aufgemacht! (Klopft an der Haustür.)

Eduard (kommt aus dem Hause in einem grünen Oberrocke, mit Pelz ausgeschlagen). Ah, mein kleiner Fuhrmann, schon hier? Brav! Das heiß' ich Wort halten!

Kolibri. Ja, bei uns geht alles auf der Post. Es ist ja spät, sonst fahren wir in die Nacht hinein.

Eduard (ruft). Florian, tummle dich!

Sechsundzwanzigste Szene. Florian (reisefertig, einen Livreefrack und einen warmen Spenser darüber. Fäustlinge, eine Reisemütze, er trägt mehrere Schachteln, zwei Parapluies, einen Stiefelknecht und eine Kaffeemaschine in den Armen). Alles in der Ordnung!

Eduard (lacht). Du heilloser Kerl! Was hast du dir alles aufgeladen? Wirst du's gleich zurücklassen? Du siehst ja aus wie ein Packesel!

Florian. Ich muß ja doch das Notwendigste mitnehmen.

Kolibri. Gleich laß es zurück! Bist du nicht allein schwer genug mit deinem Kürbiskopf?

Florian. Wegen meiner! (Wirft die Sachen ins Haus.) Das wird eine schöne Reis' werden, nicht einmal einen Koffer; und der Postknecht! Sein Posthörndel ist größer als er; den verlieren wir unterwegs.

Siebenundzwanzigste Szene.
Mariandel (kommt aus dem Hause, hat eine runde Schachtel, worin ein
Gugelhupf ist, und einen großen Wäschekorb). Um des Himmels willen,
Euer Gnaden werden doch nicht so fortfahren? Nehmen Euer Gnaden
doch ein bisserl Wäsch' mit; es ist alles aufg'schrieben: zwölf Hemden, acht Paar Strümpfe, zwanzig Halstücheln, zwei Dutzend
Halskrägen —

Kolibri. Mordbataillon! Das können wir nicht brauchen! Einsitzen!
Die Pferd' wollen nicht mehr stehn.

Mariandel (küßt Eduard die Hand). So wünsch' ich Euer Gnaden halt eine glückliche Reise! Ich werd' schon das Haus hüten.

Eduard. Steig ein, Bursche!

Florian. Mariandel, bleib g'sund!

Mariandel. Florian, mach' dich gut zusammen, daß du mir keinen Eselshusten kriegst. Da hast ein altes Pelzpalatin'l von mir (sie gibt ihm's um). Und in der Schachtel da ist ein Gugelhupf; aber beiß dir keinen Zahn aus. (Sie stellt ihn neben sich.) Und jetzt leb' wohl, lieber Florian! Vielleicht seh' ich dich nimmermehr.

Florian. O Mariandel, mir druckt's mein Herz ab (weint).

Mariandel. Nicht wahr, du wirst mich nicht vergessen?

Florian (weinend). Nein! Wo ist denn der Gugelhupf?

Mariandel. Florian!

Florian (weint stark). Den Gugelhupf!

Mariandel. Könntest du in mein Herz sehen!

Florian. Sein Weinberl drin?

Mariandel. Nu, da hast ihn, du Vielfraß! (Gibt ihm die Schachtel.)

Kolibri (stampft). Jetzt weiter, ins Teixels Namen! (Haut Florian

mit der Peitsche unter die Füße und treibt ihn so auf den
Löffel.
Alle sitzen auf, und unter dem Ausrufe: Florian leb' wohl.
Mariandel, denk' an mich! fahren sie unter Posthornschall
ab.)

Achtundzwanzigste Szene. Mariandel (allein). Jetzt sind sie
fort, und mich arme Köchin lassen s' allein in der Brisil.
Wenn nur mein Florian nicht krank wird, er ist gar so
schwächlich; ich hab' ihm mit Fleiß seine Brust recht
eingemacht, weil s' so zart ist. Er hat das Frühjahr ohnedem
eine Kur gebraucht, hat Molken getrunken und Plutzerbirn'
dazu gegessen, half aber nicht viel. Wann er aber glücklich
zurückkommt, so will ich eine Mahlzeit kochen, die sich
sehen lassen soll.

Arie.
Die Ehre ist fürwahr nicht klein,
Recht eine gute Köchin z' sein;
Doch wann die Lieb' im Köpfchen schnalzt,
G'schieht's, daß die Suppe sie versalzt.
Wenn hübsche Herren bei uns speisen,
Muß unser Herr die Zimmer weisen,
Doch oft, mit ganz zerstreutem Sinn,
Stehn s' mitten in der Kuchel drin.

Da sagen s' gleich: "Schöne Mariandel,
O gib mir doch dein liebes Handel!"
Doch ich, ich dreh' mich nicht herum,
Und rühre meine Zuspeis' um.

Will einer Liebe mir beweisen,
Und Küsse von den Lippen speisen:
Bei dem wird meine Treue kund,

Dem wisch' ganz höflich ich den Mund.

(Geht ab.)

Neunundzwanzigste Szene. (Tiefe Gegend mit einem hohen
Berg, auf welchen sich ein breiter Weg hinaufwindet, so, daß
er drei Etagen bildet. Oben am Ende des dritten Weges ein
Portal, mit der transparenten Ausschrift: Zaubergarten.
Weiter entfernt sieht man im Perspektiv den Vesuv des
Zauberkönigs rauchen. An den Kulissen sind lauter
hervorragende Hügel angebracht, an diesen sowohl als am
Berge wachsen viele farbige Blumen, in Gestalt der
Sonnenwende; statt dem mittlern Kopf aber sind kleine
Menschengesichter gemalt. Bei Verwandlung der Bühne ist
das Theater rückwärts mit mehreren Tieren besetzt; ein
indianischer Hahn, mehrere Affen, ein Bär, ein
Fleischhauerhund, welche alle auf den Gesang des Baumes
horchen. Der Baum singt eine beliebige Polonaise gleich bei
der Verwandlung.)

Koliphonius (tritt auf mit einer Gießkanne und einem Korb
mit Früchten. Wie er hereinkommt, schweigt der Baum. Er
hat ein weites Kleid mit roten Flammen garniert, und eine
Schlangenkrone auf dem Haupte). Nun, vierfüßiges
Gesindel! Wie steht's? (Die Tiere versammeln sich um ihn.)
Jetzt muß ich meine Verwunschenen füttern! Ein schönes
Institut! Toren, warum habt ihr so bewegliche Köpfe gehabt,
die zum Umschauen gemacht waren? Der Koliphonius ist
gar ein feiner Kerl. Alle habe ich sie noch in mein Netz
gebracht. Keiner ist zum Zauberkönig gelangt. Da! Und
jetzt trollt euch. (Gibt ihnen die Früchte preis, sie gehen
langsam damit ab.) Die Tiere waren Männer. Jetzt wollen
wir die bezauberten Blumen begießen; das waren lauter

neugierige Frauenzimmer, die den Geisterkönig um ewige Schönheit bitten wollten (begießt sie). Was seh' ich? Beim neunarmigen Styx, dort kommen Menschen an! Heißa! Koliphonius, nimm dich zusammen! Ihr sollt mir nicht entwischen. Frisch ans Werk! Tut eure Schuldigkeit, ihr singenden Zweige oben; lockt sie hinauf, singt bezaubernde Melodien; singt Rossinische: sie locken ja ins Schauspielhaus, so werden sie auch hier ihre Wirkung nicht verfehlen.

Dreißigste Szene.
Kolibri. Eduard. Vorige.

Eduard. Also hier ist dein berüchtigter Zauberberg? Und jener feuerspeiende Berg, sagtest du, ist die Wohnung des Geisterkönigs?

Florian. Logiert der in einem Rauchfang?

Kolibri. Dort ist seine Wohnung.

Eduard. Und diesen Berg muß ich ersteigen, ohne umzublicken? Und dem höchsten Baum in jenem Garten muß ich einen Zweig entreißen?

Kolibri. Ja! Doch muß ich dich jetzt verlassen, und darf dich erst wiedersehen, wenn du glücklich vollendet hast.

(Baum singt einige Takte aus einer bekannten Rossinischen Oper.)

Eduard. Was hör' ich für angenehme Melodien! Ich kenne euch, ihr habt mich oft vergnügt.

(Baum singt einige Takte von Mozart.)

Eduard. Ha, das ist Mozart! O, meine vaterländischen Töne! Ihr könnt nicht nur vergnügen, ihr könnt auch begeistern. Lebt wohl! Ich besteige den Berg.

Kolibri. Hüte dich! Sieh dich nicht um, ich darf dich nicht beschützen. (Zu Florian.) Komm, Bursch'!

Florian. Marsch, Bursch'! Ich bleib' bei meinem Herrn. (Kolibri geht ab.)

Melodram.

Eduard (beginnt seine Wanderung. Er betritt den ersten
Weg. Vier reizende Nymphen zeigen sich und suchen ihn
durch Winke zum Umsehen zu bringen; endlich formieren
sie bei einer Ferma in der Musik eine ihn umschlingende
und zurückhaltende Gruppe. Eduard reißt sich los, ohne
sich umzusehen, und ruft; Laßt mich, Bajaderen! Die
Nymphen verschwinden schnell. Eduard betritt den zweiten
Weg; es wird plötzlich finster. Der Donner rollt und schlägt
vor ihm in einen Baum ein, welcher einen Augenblick
brennt. Pause in der Musik.) Du schreckst mich nicht!
Vorwärts! (Der Baum verlischt, die Bühne wird wieder hell.
Eduard betritt den dritten Weg; ein Grieche mit gezücktem
Dolche verfolgt ein Mädchen, welches sich an Eduard von
rückwärts anklammert und Hilfe! Hilfe! ruft; er reißt sich los
und ruft. Zurück! Beide versinken.) Viktoria, es ist
gelungen! (Eilt in die Pforte. Man hört durchs Sprachrohr
Koliphonius' Stimme: Verdammt! Die Musik drückt den
Triumph aus.)

Florian (hat während der ganzen Szene seine
Empfindungen mimisch ausgedrückt, macht einen
Rundsprung). Juhe! Das ist ein Mandel mit Kren, mein
Herr! Und ich soll hier stehen bleiben, wie ein
Spatzenschrecker? Nein! Hinauf auf den Lepoldiberg!
Vielleicht erwisch' ich auch eine bezauberte Nagelwurzen!
(Musik; er eilt auf den Berg; vier Oberländler-
Küchenmädchen mit Linzerhauben und schwarzen
Vortüchern machen das vorige Spiel. Pause in der Musik.)
Zurück, ihr Kuchelmamsellen! (Die vier Mädchen
verschwinden. Er tritt den zweiten Weg an, es kommen zwei
Mann Soldaten mit angeschlagenem Gewehre, einen
Korporalen dabei, welcher kommandiert: Schlagt an! Habt
acht! Gebt Feuer! Auf das Wort: Feuer fällt Florian auf das

Gesicht vorwärts nieder; die Soldaten schießen über ihn weg und verschwinden. Er rafft sich auf und ruft: Weit davon ist gut vorm Schuß! Er betritt den dritten Weg. Ein Kellner hält ihn zurück, und ruft: Meine zehn Gulden! er schlägt rückwärts aus: Zurück, Ungeheuer! und wirft ihn nieder; Kellner entflieht.) Triumph! Es ist gelungen! (Er will ins Portal; in dem Augenblick erscheint Mariandels Gestalt hinter ihm und ruft: Florian! Florian! Florian schaut sich schnell um und ruft: Mariandel! Er will auf sie zu, sie verschwindet; eine Furie reißt ihn rückwärts nieder.)

Koliphonius (erscheint am Fu9e des Berges). Er ist mein! Verwandle dich in einen Pudel! (Eine Hundshütte erhebt sich über
Florian; er läuft als Pudel über den Berg herab und sucht ängstlich
seinen Herrn. In dem Augenblick kommt Eduard frohlockend, den
Zweig in der Hand, aus dem Garten über den Berg und ruft: Florian!
Florian! Der Pudel springt an ihm hinauf und liebkoset ihn. Pause.)

Eduard. Was ist das? Was will der Pudel?

Kolibri (tritt heraus). Es ist dein Diener.

Eduard. Unglücklicher! Was hast du getan? (Pause.) Ich will dich auch so nicht verlassen. Komm, Sinnbild der Treue! Fort von diesem Ort! (Nimmt den Pudel bei dem Halsbande und will ihn fortziehen.)

Koliphonius (ruft). Halt! Er bleibt hier! Mein ist der Hund; ich bin hier Herr.

Eduard. Mit meinem Leben will ich ihn verteidigen! Er

bleibt nicht hier.

Koliphonius. Nicht? (Verwandelt sich in einen Jäger.) So erschieß' ich ihn. (Bückt sich, sein Gewehr aufzunehmen, ein Genius bringt es, Koliphonius spannt den Hahn.)

(Kolibri winkt. Plötzlich springen acht Pudel, eben so gezeichnet wie Florian, auf die Bühne und bilden mit ihm ein Tableau, das ganze übrige Theater aber ist auf allen Bergen und Seitenhügeln mit lauter gemalten Pudeln angefüllt, welche sich nach Verhältnis der Tiefe perspektivisch kleiner zeigen, in komischen Gruppen, und ein Tableau formieren.)

(Koliphonius will zielen, prallt zurück.)

Eduard. Bravo, Kolibri! Jetzt schieß den rechten, wenn du ihn kennst, aber schnell, denn alle nehm' ich sie nicht mit mir.

Koliphonius. So will ich sie alle verderben. (Winkt; die Bühne verfinstert sich. Blitze leuchten, heftiger Regen. Das Wasser schwillt immer höher, Kolibri und Eduard befinden sich mitten auf einem Felsen, welcher sich aus dem Wasser emporhebt und hoch herausragt. Die Pudel schwimmen um ihn herum. Pause in der Musik.)

Eduard. Er ist verloren!

Kolibri. Wirf ihm den Zweig zu.

Eduard (wirft den Zweig ins Wasser und ruft) Florian, Apport! Der Pudel sucht ihn zu haschen, arbeitet sich mit dem Zweig in dem Mund auf den Felsen hinan, wo Eduard steht. Wie er oben ist, ruft Eduard unter Musik: Er ist gerettet! Der Felsen verwandelt sich in ein Segelschiff und fährt mit den Dreien davon.

Koliphonius (ruft). Fluch und Verderben über euch! (Der Pudel bellt im Fortfahren mit Wut auf ihn hinaus.)

(Die Kurtine fällt.)

Ende des ersten Aufzuges.

Zweiter Aufzug.
(Palast des Longimanus mit einem Seitenthron.)

Erste Szene.
Longimanus sitzt auf dem Throne, um ihn mehrere dienstbare Geister.

(Großer Tanz von idealen Geistern, am Ende eine Gruppe.)

Chor. Heil, Longimanus!

Longimanus. Ist schon gut, schon gut! Bedank' mich aufs allerschönste. (Für sich) Freut mich recht, daß s' mir haben heute einen kleinen Tanz gemacht, weil morgen mein Namenstag ist.

(Der Chor ab).

Zweite Szene.
Pamphilius. Vorige.

Pamphilius (überreicht dem Longimanus einige Visitenkarten).
Zauberer Vanille; Fee Maraskino!

Longimanus. Aha! Kommen schon die Billetten
ang'stochen. (Liest.) La Hexe de Marascino et sa famille.
Monsieur Vanille, Professeur de la Magie. Ich lass' mich
bedanken; meine Empfehlung. Auf mein' Namenstag freu'
ich mich immer, wie ein Kind, bloß wegen die Zugbilletten.
(Nimmt ein Zugbillett.) Da schau' einmal, wie man bei dem
Kerl anzieht, reckt er den Fuß in die Höhe. (Lacht.) Ist das
nicht prächtig?

Pamphilius (lacht). O, scharmant! Das ist ein herrlicher
Gedanke.

Longimanus. Wie den Neujahrstag; den hab' ich auch so
gern, wenn die Leut' glückwünschen kommen. Warum?
Weil man gewiß überzeugt ist, daß es ihnen vom Herzen
geht. (Man hört den Pudel von außen bellen.) Wer bellt
denn da draußen?

Pamphilius (sieht hinaus). Ein großmächtiger Pudel!

Longimanus. Will er mir vielleicht auch zum Namenstag
gratulieren?
Schau doch hinaus.

(Pamphilius geht ab.)

Longimanus. Wenn der mir seine Aufwartung machen
wollt', das war' wirklich zu viel; da müßt' ich protestieren.

Dritte Szene.
Pamphilius. Vorige.

Pamphilius (kommt zurück). Herr! Zephises' Sohn hat die
Reise nach dem Zaubergarten glücklich vollendet und wagt
es, sich dir zu Füßen zu werfen.

Longimanus. Hör' auf! Das ist ein Tausendsasa! Hat sich nicht umgeschaut! Auf die Letzt hat er gar das Rheumatische im Hals, daß er den Kopf nicht hat umdrehen können. Er soll hereinkommen; doch seinem Vater sagst, daß er nicht herüber kommt; er darf nicht reden mit ihm. Aber wegen was hat er denn einen Pudel?

Pamphilius. Vielleicht ist er ein Pudelnegoziant. Ich werd' ihn gleich hereinschicken. (Geht an die Kulisse und läßt Eduard herein.)

Vierte Szene.
Eduard. Vorige.

Eduard. (kommt, hat den Zweig in der Hand und stürzt zu des
Longimanus Füßen). Mächtiger Zauberfürst!

Longimanus. Ich bitt' recht sehr, stehen Sie auf, ist alles zuviel.
(Hebt ihn auf, zu Pamphilius.) Bring' Er Sesseln!

(Pamphilius bringt zwei Sesseln.)

Longimanus. So! Jetzt geh nur hinaus! (Pamphilius geht ab.)
Nehmen S' Platz.

Eduard. Sonne der Welt! Du zermalmst mich durch deine Güte.

Longimanus. Warum nicht gar! Reden S' nur frei heraus von der
Leber weg. Mit was kann ich dienen? Sie sind also der kleine Eduardl?

Eduard. Ja, ich bin die arme Waise.

Longimanus. Nun, wenigstens müssen S' in Ihrem Waisenhaus eine gute Kost gehabt haben; Sie sind recht auseinander gangen.

Eduard. Nur durch das Vermächtnis meines unglücklichen Vaters bin ich seit kurzer Zeit in den Besitz jenes großen Reichtums gelangt, den er durch deine hohe Gunst erhalten hat. Ich bin hier, dich um eine Gnade anzuflehen. Doch, bevor ich diese Bitte wage, liegt eine andere mir—(Der Pudel bellt.)

Longimanus. Ja, Apropos! Du hast ja einen Kameraden bei dir? Laß mir ihn doch herein. He, laßt den Pudel herein!

(Der Pudel springt herein, zuerst auf Eduard und liebkost ihn, dann zum Zauberkönig.)

Longimanus. Nun, mich freut's, Ihre Bekanntschaft zu machen. Das ist ein spaßiger Kerl. Wie spricht der Hund? Schau', gibt keine Antwort. Ach, den müssen Sie mir zum Präsent machen, ich werd' ihm gleich die Ohren schneiden lassen. He!

(Der Pudel fangt zu lamentieren an und verkriecht sich hinter
Eduard.)

Eduard. Um alles in der Welt nicht! Eben das Schicksal dieses armen Pudels war es ja, worüber ich dich um Gnade anflehen wollte.

Longimanus. Das ist doch schrecklich, was das Schicksal treibt; jetzt kommt's gar über die Pudeln!

Eduard. Dieser Ärmste ist mein Diener; seine

Anhänglichkeit an mich verleitete ihn, den Zauberberg nach mir zu besteigen, und ein einziger Rückblick hat ihn in diese schreckliche Lage versetzt.

Longimanus. Wie ist er denn dem Koliphonius entwischt? Hat gewiß wieder das kleine Spitzbübel, der Kolibri, sein' Hokuspokus gemacht. Dem Buben lass' ich noch einmal einen Schilling geben.

Eduard. Habe Mitleid! Schenke ihm seine vorige Gestalt wieder!

Longimanus. Nu, wegen meiner; so laß ihn da in den Zauberkasten hinein. (Er öffnet den Kasten und läßt den Pudel hinein.) Ich bitt', hineinzuspazieren. (Zu Eduard.) Und jetzt ruf ihn dreimal beim Namen.

Eduard. Florian! Florian! Florian!

Florian (im Kasten). Na, aufmachen da! Sapperment!

(Eduard öffnet den Kasten.)

Florian (kömmt im größten Zorn heraus). Ah, das ist ja inpertinent! Mord dividomine! (Stößt plötzlich gegen den Zauberkönig und fällt ängstlich auf beide Knie nieder.) Ui jeges! Ich bitt' tausendmal um Verzeihung, Euer Langmächtigkeit!

Longimanus. Das ist ein zorniger Nickel! So geht's, wenn man manchmal Leuten Gefälligkeiten erweist, so sind s' noch recht grob dafür.

Eduard. So bedank' dich doch, unartiger Bursche! Dem Geisterkönige verdankst du deine jetzige Gestalt wieder.

Florian. Ich küss' die Hand, Euer Hochmächtigkeit!

Longimanus. Ich weiß nicht, ob Er viel profitiert hat bei seiner Verwandlung; Er ist mir als Pudel viel gescheiter vorgekommen als jetzt. Also weiß Er jetzt, wie einem Pudel zumute ist?

Florian. Ah, das war ja ein Hundsleben; das möcht' ich meinem ärgsten Feind nicht wünschen. Aber wie ist denn meine Mariandel daher kommen?

Longimanus. Das war nicht Seine Mariandel! Wir haben Mariandeln g'nug. Punktum! Also künftig g'scheiter sein. (Zu Eduard.) Also, mein lieber Eduard, den hätten wir. Was willst denn noch, mein Kind?

Eduard. Laß mich niedersinken und—

Longimanus. Der Mensch hat so schwache Nerven, alle Augenblick' sinkt er.

Eduard. Du hast meinem Vater sechs Statuen zum Geschenk gemacht, doch die siebente, kostbarste, mächtiger Zauberkönig! zürne nicht, wenn ich mich erkühne, auch ihren Besitz von deiner unerschöpflichen Großmut zu erflehen.

Longimanus (macht große Augen und sagt mit Gewicht). Die siebente Statue willst du? Ja, die hat einen Wert; da kriegt man schon in einem jeden Versatzamt was d'rauf.

Eduard. O, schenke sie mir!

Florian. Rucken S' heraus damit!

Longimanus. Nur Geduld! Weißt du was? Umsonst ist der Tod! Wenn man etwas haben will, so muß man auch etwas dafür tun; nicht wahr?

Florian. Ja, springen muß man immer was lassen.

56

Longimanus. Also Schwierigkeit gegen Schwierigkeit! Du sollst die diamantene Statue haben, aber—du mußt mir dafür ein Mädchen aussuchen, welches in ihrem achtzehnten Jahre ist und noch in ihrem Leben keine Lüge über ihre Lippen gebracht hat.

Florian Da kriegen wir s' nicht, die Statue!

Eduard. Hoher Herr! Du machst eine große Forderung an mich schwachen Sterblichen; doch ich will auch das Unwahrscheinliche wagen für den Besitz dieses Zauberschatzes.

Longimanus. Du willst also? Eh bien! Wenn du sie aber gefunden hast, so bringst du sie augenblicklich hierher und erwartest mich am Fuße meines rauchenden Palastes. Unterstehst du dich aber, einen Augenblick mit ihrer Übergabe zu zögern, so ist dein Leben verloren. Ja, schau' mich nur an! Ich mach' kein' Spaß! Augenblicklich, da kommt kein Pardon!

Eduard. Ich füge mich deinem Ausspruche. Doch, wie wird es mir möglich werden, diese Priesterin der Wahrheit zu erkennen? Wie kann ich erfahren, ob ein Mädchen auch nicht im Scherze noch gelogen hat! Wer im ganzen Hause wird mir das sagen können?

Florian. Nur beim Hausmeister erkundigen.

Longimanus. Da hast du recht. Da muß ich dir ein Kennzeichen geben.

Florian. Ja. fragen S' nur mich allemal; ich werd' Ihnen's schon sagen.

Longimanus. Richtig, durch den sollst du's wissen, weil er

gar so eine Freud' damit hat, unser Freund.

Florian. Ja, ich bitt', Euer Herrlichkeit! Ich g'freu' mich schon.

Longimanus. Wenn du ein Frauenzimmer prüfen willst, so ergreife ihre Hand; hat sie schon einmal gelogen, so wird dieser Bursche da im ganzen Körper entsetzliche Schmerzen empfinden.

Florian (ganz erstarrend). Mich trifft der Schlag!

Longimanus. Es wird ihn reißen, stechen, kurz, alles mögliche, was er sich nur selbst wünschen kann.

Florian. Ich bitt', das ist wirklich zuviel!

Longimanus. Und je mehr Lügen, als eine in ihrem Leben gesagt hat, in desto größere Zuckungen wird er verfallen.

Florian. Sie verzeihen, aber ich muß hinaus! (Will fort.)

Eduard. Halt! Warum denn?

Florian. Mir wird nicht gut.

Longimanus. Du bleibst da!

Florian. Euer Herrlichkeit, das geht nicht; das bringet mich ja ins Spital!

Longimanus. Schweig! Also—wo sind wir geblieben? Richtig, desto mehr Reißen wird er empfinden.

Florian (will fort). Hören Euer Herrlichkeit mit dem Reißen auf, oder es reißt mich zur Tür hinaus. Wer wird denn in einem rheumatischen Dienst bleiben?

Longimanus. Langsam! Auf Regen folgt Sonnenschein.

Wenn du aber eine findest, die noch nie gelogen hat, so wird er ein außerordentliches Wohlbehagen empfinden. Es wird ihm so leicht sein und so froh, als wie einem Menschen, der das erstemal einen Langaus tanzt.

Florian. Ja, wenn er sieben Jahre die Gicht g'habt hat. Nun, ins
Himmelsnamen, lassen wir uns halt eine Weile herumreißen.

Eduard. Sei ruhig, Florian! Wenn ich mein Ideal gefunden habe, so will ich dich reichlich belohnen.

Florian. Mich? O je, wo bin ich da schon? Bis dorthin reißt's Ihnen ein dreihundert Bediente z'samm', wie nichts.

Longimanus. Und jetzt macht's, daß Ihr weiter kommt. Wie willst denn fahren? (Ruft.) He, Pamphilius!

Fünfte Szene.
Pamphilius. Vorige.

Longimanus (zu Pamphilius). Laß ihnen meine zwei alten Drachen einspannen, die ich vor meinem Galawagen habe, das sind doch ein Paar sichere Tiere.

Pamphilius. Mächtiger Herrscher, das ist unmöglich! Der Handige hat sich einen Flügel gebrochen.

Longimanus. Da hast es ja. Das ist von dem g'schwinden Fahren. Jetzt darf ich wieder langmächtig suchen, bis ich einen gleichen dazu krieg'. Weißt du was? Fahr du in einem Luftballon, und wo er mit dir niedergeht, dort probier' dein Glück. Geht's hinüber in die Schupfen um einen Luftballon, der Kolibri soll kutschieren.

(Pamphilius geht ab.)

Longimanus. Also viel Glück! Für ein schön's Wetter werd'
ich schon sorgen, und wollt Ihr andere Kleider, nur drüben
mein' Schneider sagen, in fünf Minuten sind sie fertig.

Eduard. Hoher Geisterfürst! Mit mutigem Vertrauen trete
ich meine
Reise an, mein höchstes Glück liegt in deiner Hand.

Florian. Mächtiger Zauberfürst und wohlgeborner
Zechmeister der löblichen Geisterzunft! Mit der
entsetzlichsten Tremarola tret' ich meine Reise an; haben Sie
Mitleid mit meiner schwachen Konstitution, und denken
Sie, daß ein Mensch keine solchen Schmerzen mehr
auszustehen vermag, der sich erst vor kurzem noch so
herumgepudelt hat.

Longimanus. So wart' Er noch ein wenig! Das ist ein
närrischer
Mensch! Es geschieht Ihm ja nichts, wegen was lamentiert
Er gar so?

Florian. Sehen Euer Herrlichkeit, mir ist nur, wenn ich eine
verrissene Physiognomie bekäme, meine Mariandel schauet'
mich in ihrem Leben nicht mehr an.

Longimanus. Was ist denn das für eine Person, die
Mariandel? Ist s' denn gar so hübsch?

Florian. No, wann S' was g'spannen; das ist eine barbarische
Schönheit. Die ganze Welt darf man ausreisen, es gibt keine.
—Ach, ich glaub' nicht, daß man in der Walachei eine findet.

Longimanus. Nu, bravo! Die muß Er mir einmal aufführen.

Florian (lacht). Ach nein! Euer Herrlichkeit sind gar ein

G'spaßiger? Sie könnten mir s' abwendig machen.

Longimanus. So sei Er nur nicht so kindisch; was fallt Ihm denn ein?

Florian. Nein, nein! Was nützt denn das? Ich gib s' nicht aus der Hand. Wer mir meine Mariandel stehlet, der wär' ein Kind des blassen Todes! Ha! da würde ja gerauft! Euer Herrlichkeit sind ein stattlicher Mann, aber die Schläg' möcht' ich Ihnen nicht wünschen, denn meine Mariandel ist meine einzige Passion!

Arie.
D' Mariandel ist so schön,
D' Mariandel gilt mir all's,
Und wenn ich s' nur erwischen kann,
Fall' ich ihr um den Hals.
Es gibt zwar der Mariandeln viel
Auf dieser weiten Welt,
Doch keine, die so herzig ist,
Und die mir so gefällt.
D' Mariandel ist so zart,
Ja, ich gesteh' es frei,
Bis sie ein halbes Knödel ißt,
Derweil hab' ich schon drei.
Und wenn ich oft recht hungrig bin,
Zerspringt ihr fast das Herz,
Da lauft s' nur g'schwind in d' Kuchel naus
Und kocht mir einen Sterz.

D' Mariandel ist so treu,
D' Mariandel ist so frumm,
Und wenn ich s' nicht bald z'sehen krieg',
So bring' ich mich noch um.
Denn wer nur a Mariandel hat,
Der weiß es so, wie ich;

Nicht wahr? So oft man an sie denkt,
Gibt's einem einen Stich!

Repetition.
D' Mariandel ist gar g'scheit,
D' Mariandel ist nicht dumm,
D' Mariandel meint, in Wien dahier
Wär's beste Publikum!
Drum glaub' ich der Mariandel auch,
Sie hat mich nicht vexiert;
Ich hab' auf ihren Spruch vertraut
Und hab' mich nicht geirrt! (Ab.)

Longimanus (allein). Jetzt haben s' schon Zeit gehabt, daß
sie gegangen sind. Nicht einmal sein Schalerl Kaffee kann
man mit Ruhe trinken. (Ruft.) Pamphilius!

Sechste Szene.
Pamphilius. Voriger.

Longimanus. Die neuen Bücher, die ich aus der
Leihbibliothek gekriegt hab', tragst ins Lesekabinett hinüber
und bringst alles in Ordnung, ich will lesen.

Pamphilius. Befiehlst du auch einen aromatischen Rauch im
Zimmer?

Longimanus. Später kannst du mir ein bißl einen blauen
Dunst vormachen. Und jetzt hinüber, richt' alles her. Mein
Tischerl, zwei Wachskerzen und dann das Buch von der
Agnes Bernauerin; das Stück les' ich jetzt schon
vierzehnmal, und ich weiß immer noch nicht, warum sie s'
denn eigentlich ins Wasser geworfen haben. Jetzt komm,
Pamphilius. (Beide gehen ab.)

Siebente Szene. Platz, von hohen schönen Gebäuden umschlossen, doch alle ohne Fenster im griechischen Geschmacke erbaut. Rechts der Eingang in den Palast des Veritatius. Links vorne eine Erhöhung von steinernen Stufen, worauf der Sitz sich befindet, hinter dem die Statue der Wahrheit steht. Eine nackte Figur mit der Sonne auf der Brust.)

Chor der Einwohner.
Stille, stille! Harrt bescheiden,
Bis des Hornes Ruf ertönt.
Schrecklich muß der Freche leiden,
Der des Herolds Wort verhöhnt.
Was wird er uns wohl verkünden,
Was muß vorgefallen sein?
Doch wir werden's bald ergründen,
Seht, hier tritt er ja schon ein.

Achte Szene. Vorige. Zwei Diener des Herolds treten vorauf und stoßen dreimal in ihr goldenes Horn, welches der römischen Tuba gleicht. Dann tritt der Herold in die Mitte.

Rezitativ.
Herold.
Bewohner des friedlichen Landes!
Ich bin erschienen, euch zu verkünden
Die Befehle unseres Herrschers.
Schon wenn die nächste Stunde tönt,
Müßt ihr euch hier auf sein Geheiß versammeln.
Er wird ein Mädchen heut bestrafen,
Und sie verscheuchen aus des Landes Grenzen,
Weil frech die Sitten sie verhöhnet,
Die doch mit Milde uns beglücken,

Und die allein sind unsres Landes Stolz.

Arie mit Chor.

Herold.
 Hier im einsam stillen Lande,
Wo der ew'ge Friede wohnt,
Webt die Freundschaft feste Bande,
Wird die Liebe süß belohnt.

Chor.
 Webt die Freundschaft feste Bande,
Wird die Liebe süß belohnt.

Herold.
 Darum wandelt, meine Brüder,
Mit Bedacht zur Arbeit hin,
Nur der Vorsicht weihet Lieder,
Denn die Hast bringt nie Gewinn.

Chor.
 Nur der Vorsicht weihet Lieder,
Denn die Hast bringt nie Gewinn.

(Alle gehen ab.)

(Die Musik geht nach dem Chor in eine artige Variation,
über das
Thema: "Es reisen drei Schneider zum Tore hinaus, ade!"
über.)

Neunte Szene. (Der Luftballon, welcher eine dunkelblaue
Kugel vorstellt, aber nicht mit den gewöhnlichen Streifen,
sondern quer ein Paar weiße Bordüren hat und zwei weiße
Flügel, welche zu beiden Seiten angebracht sind, geht
langsam nieder.)

Eduard, Florian, Kolibri als Luftfahrer mit einem rosenroten
Fähnlein steigen aus dem daranhängenden goldenen
Schifflein.
Eduard trägt eine grüne Zivil-Uniform, weißes Beinkleid
und
Federhut. Florian rote Livree mit Goldborten.

Kolibri. Also hier wären wir, Mongolfier hat seine
Schuldigkeit getan. Jetzt vollende du das weitere.

Eduard. Wo sind wir denn eigentlich?

Kolibri. Das wirst du schon erfahren; ich handle ganz zu
deinem Besten. Kolibri ist nicht dumm. Jetzt verlasse ich
dich, und wenn du mich brauchen wirst, werde ich gleich
bei der Hecke sein. (Nimmt einen andern Ton an und den
Hut ah.) Euer Gnaden, ich bitt' um mein Trinkgeld!

Eduard. Ja, richtig! Hier, mein kleiner Fuhrmann! (Gibt ihm
ein
Goldstück.)

Kolibri. Euer Gnaden verzeihen, ich habe noch etwas gut
von der
letzten Station; wissen S', mit die Füchseln? Es waren zwei
Goldfüchsel, und Sie haben mir da nur eines gegeben (hält
ihm das
Goldstück vor).

Eduard (gibt ihm noch eines). Ja so! Bist du so geldgierig?

Kolibri. Das versteht sich! Ich muß mir ja was
zusammensparen auf meine alten Tag'. Empfehle mich gar
schön. (Macht einen Kratzfuß und steigt in den Luftballon,
der mit ihm sogleich fortfährt.)

Eduard. Eine sonderbare Stadt! Es ist alles so stille in den Straßen, als ob sie unbewohnt wäre. Nun, Freund Florian, warum so betrübt? Gefällt es dir hier nicht?

Florian (der durch die ganze Szene sehr trübselig aussah und öfters nachzudenken schien). Nein! Für mich blühen auf diesem Boden keine Rosen!

Eduard. So sei nur nicht so einfältig! Es wird ja den Hals nicht kosten.

Florian. O, ich bitte, schweigen Sie! Glauben Sie, das ist ein Spaß, wenn's einem was wegreißt? So weit hab' ich's gebracht! Das ist das Los des Schönen auf der Erde!

Eduard. Jetzt befehle ich dir, zu schweigen und an jenem Palast zu läuten, daß wir hören, wo wir sind.

Florian. Na, es ist recht; ich will alles tun. Verzweiflung, nimm dein Opfer. (Er läutet.)

Zehnte Szene. Aladin, der Aufseher dieses Palastes, öffnet die Tore und tritt heraus. Vorige.

Aladin. Was seh' ich? Fremdlinge? Durch welche Zaubermacht seid ihr hierher gelangt und was begehret ihr von uns?

Eduard. Willst du, würdiger Unbekannter, mir wohl vorher die Frage beantworten, wo ich mich eigentlich befinde?

Aladin. Du befindest dich in dem Lande der Wahrheit und der strengen Sitte, und dein Fuß berührt den Boden unserer Hauptstadt.

Eduard. Freue dich, Florian, wir sind unserem Ziele nah'.

Florian. Ich wollt', ich wär' noch weit von meinem Ziel.

Aladin. Hier ist der Palast unsers Herrschers; ich bin nur sein
Diener.

Florian. Jetzt ist der auch nur ein Bedienter.

Eduard. Willst du mich bei deinem Herrscher melden? Ich bin weit über dem Meere, ein Prinz aus dem Lande der Aufrichtigkeit und habe mit meinem treuen Diener (Florian verbeugt sich) in einer neuerfundenen Luftmaschine die Reise in euer Land gemacht, um mir eine Braut nach Hause zu führen, die ich durch treue Liebe und ungeheure Reichtümer zu beglücken gedenke.

Aladin. Deine Gesinnungen sind gut, und ich werde sie unserm
Herrscher treu berichten.

Eduard. Doch jetzt mache mich auch mit den Gewohnheiten eures
Insellandes bekannt.

Florian. Ja, erzählen S' uns ein bissel was.

Aladin. Auf unserer Insel wirst du den Streit vergebens suchen; wir haben gar keinen Verkehr mit irgend einem Lande. Feste geben wir nie, wir glänzen nur durch Wahrheit.

Florian. Das ist sehr schön von Ihnen.

Aladin. Einsam ist es in den Straßen, denn man geht nur aus, wenn es sehr notwendig ist.

Eduard. Doch ich sehe keine Fenster an den Häusern.

Aladin. Die gehen in den Garten, die Aussicht ist zurück.

Florian. Sie werden halt die Augen auf dem Rucken haben, weil s' vorn zuviel Aufsehn machten.

Aladin. Mit großer Strenge wird bei uns die Lüge bestraft, je nachdem sie nachteilige Folgen verursacht; doch ist man gegen Weiber nachsichtiger, als gegen Männer. Verleumdung kennen wir nur dem Namen nach auf der Insel der Wahrheit und Sittsamkeit.

Florian. Erlauben Sie, mein Teurer! wenn einer in seiner Sittsamkeit etwas stiehlt, so wird er doch ganz bescheiden eingeführt?

Aladin. Wer fehlt, muß bestraft werden.

Florian. Und da bekommt er hernach seine soliden fünfzig Strichel?

Aladin. Das geschieht nicht. Wir schlagen nur die Kleider des zu
Bestrafenden, nicht den Mann; und das ist bei uns die größte
Schande.

Florian. Das geschieht bei uns auch. Man schlagt auch nur die Kleider, aber man wartet so lange, bis sie derjenige an hat, den wir—(macht die Pantomime des Prügelns).

Eduard. Wie ist es rücksichtlich eurer Heiraten?

Aladin. In ihrem zwanzigsten Jahre werden unsere Mädchen verheiratet, ohne daß sie ihren Bräutigam zu Gesichte bekommen haben. Als Frauen dürfen sie keinen Schritt mehr aus dem Hause machen.

Florian. Das ist gut. Wenn eine Geld im Sack hat, kann s'
wenigstens keins verlieren auf der Gasse.

Aladin. Nur bei öffentlichen Versammlungen müssen sie
erscheinen. Übrigens darf kein Mädchen allein ausgehen,
wenigstens vier, wo eine die andre beobachtet, denn es darf
sich keine umsehen.

Florian. Das heißt, sie dürfen niemand über die Achsel
ansehen.

Aladin. Und gehen immer in Begleitung von zwei Mohren.

Eduard. Himmel, welch ein qualvolles Leben!

Aladin. Wenn ein Mann ein Frauenzimmer auf der Straße
sieht, muß er sein Haupt zur Erde beugen und darf sie nicht
ansehen, sonst ist er des Todes.

Florian. Wenn das bei uns der Brauch wär', da schaueten
manche junge Herren den Frauenzimmern nicht so unter
die Hüte.

Eduard. Ist das beim Fremden auch der Fall?

Aladin. Es kommen selten Fremde zu uns. Doch sind sie
von diesen Gebräuchen ausgeschlossen, soweit es der
Anstand gestattet, und es ist ihnen erlaubt, ehrerbietig ihre
Hand zu küssen. Selten vergißt ein Frauenzimmer ihren
Stolz. Wenn aber ein unwürdiges Betragen von einer den
andern zu Ohren kommt, so empört sich auch ihr Gefühl so
sehr, daß sie in großen Tadel über die Unwürdige
ausbrechen.

Eduard. Das ist eben kein sicherer Beweis von eigener
Unverdorbenheit des Herzens.

Florian. Ah, das ist der Neid—mit mir reden!

Eduard. Ich danke dir für deine Auskunft und bedaure die Unglücklichen; sie würden wahrscheinlich edle Geschöpfe werden, wenn man ihren Handlungen weniger Zwang auflegen möchte.

Aladin. Bedauern? Sprich dieses Wort nicht aus in Gegenwart meines Herrschers, bei dem ich dich jetzt melden werde. Im Lande der Wahrheit ist niemand zu bedauern, als der, den die Götter mit Blindheit geschlagen haben, den unbedingten Wert unserer Handlungen nicht einzusehen. (Ab in den Palast.)

Florian. Geh der Herr zu.

Elfte Szene.
Eduard. Florian.

Eduard. Aus allem, was ich gehört habe, schöpfe ich wenig Hoffnung, ein Mädchen hier zu finden, welches die strengen Anforderungen meines zauberischen Gönners erfüllen wird. Solch ein unnatürlicher Zwang erweckt Verschlossenheit, und Verschlossenheit ist die Mutter der Lüge. Doch sieh, dort kommen einige Frauenzimmer! Ich will mein Glück versuchen, Florian, halte dich standhaft.

Florian. Um alles in der Welt, Gnädiger, sein Sie menschlich! Denken Sie, solange Sie eine bei der Hand halten, halten Sie mich beim Schopf; nur gleich wieder auslassen.

Zwölfte Szene.
Vier verschleierte Mädchen erscheinen, von zwei Mohren

begleitet.
Sie prallen bei Eduards Anblick etwas zurück. Vorige.

Eduard. Tulpe der Schönheit, verzeihe einem Fremdling, der
es wagt, dir seine höchste Verehrung darzubringen.

Florian. Mir ist, als wenn ich ausg'führt würde.

Osillis. Ein artiger Mann.

Amazilli. Welch sonderbare Tracht?

Eduard. Erlaube mir, deine reizende Hand zu küssen.
(Ergreift ihre Hand.)

Florian (schreit). Uijegerl! Ausgelassen! (schwächer)
Auslassen!
(Seufzt.)

(Eduard läßt ihre Hand los.)

Osillis (erschrickt). Was ist das? (Zu Florian.) Was ist dir,
Fremdling?

Florian. Nichts! Ist schon vorbei! Wir wissen schon, wie
viel's geschlagen hat.

Osillis. Aber du erschreckst uns durch —

Florian. Ist ja nicht wahr; ist alles erlogen.

Eduard. Verzeihe ihm; und auch du, holdes Mädchen!
(Ergreift die
Hand der Zweiten.)

Florian. Auweh! Auweh! Auweh! Die lügt noch stärker. O,
Sapperment!

(Eduard läßt sie los.)

Florian. Ah, das ist eine Komödie!

Eduard. Schweig, Bursche!

Osillis. Ist er wahnsinnig?

Eduard. Mein schönes Mädchen! (Tritt zwischen die beiden andern und ergreift zugleich ihre Hände.)

Florian. Um alles in der Welt! Ich halt's nicht aus! Ich geh' zugrund!

(Die Mädchen reißen ihre Hände los und entsetzen sich.)

Osillis. Welche Verwegenheit! Flieht, Schwestern, das ist ein Rasender! (Alle vier Mädchen entfliehen mit den Mohren in den
Palast.)

Dreizehnte Szene.
Eduard. Florian.

Eduard. Nun, Freund Florian, was sagt dein Barometer?

Florian. Lügen hat's geregnet. Ich werd' ein miserabler Mensch!
Wenn wir zurückkommen, dürfen S' mich gleich auf sieben Jahr nach
Gastein oder ins Bründelbad schicken.

Eduard. Armer Schelm, du dauerst mich.

Florian. Das ist eine sittsame Bagage. Die zwei letzten müssen schon gelogen haben, bevor sie auf die Welt gekommen sind; es ist nicht möglich sonst.

Eduard. Die Forderung grenzt aber auch an Unmöglichkeit. Doch wir wollen unsere Hoffnung nicht aufgeben.

Florian. Ja, haben S' die Gnad'. (Deutet auf's Reißen.)

Eduard. Willst du, daß wir dieses Land verlassen und in ein anderes ziehen?

Florian. Ah, hören S' auf, sie lügen überall. Es ist doch g'scheiter, ich geh' hier zugrund', als wenn ich wegen dem noch eine Weile wohin reisen soll.

Eduard. Es wird ja doch nicht überall so arg sein.

Florian. Ja, ist schon recht! Jetzt, wenn S' erst auf eine treffen, die einen reichen Liebhaber hat, den sie für einen Narren hält; die können erst lügen! Da reißt's mich in der Mitten voneinander.

Eduard. Still! Man kommt.

Vierzehnte Szene.
Aladin. Vier Mann Wache mit Pfeilen. Vorige.

Aladin. Fremdling! Der Herrscher wird in diesem Augenblicke hier erscheinen, um öffentliches Gericht zu halten, und bei dieser Gelegenheit will er dich bewillkommen und deine Bitten hören.

Eduard. Nimm meinen Dank für deine Botschaft.

Aladin. Doch haben wir Befehl erhalten, deinen Diener in das Irrenhaus zu bringen, und ihn mit Ketten zu belasten, wie es sich für einen Rasenden geziemt.

73

Florian. Was? Mich wollen s' in den Narrenturm sperren, und ich bin gescheiter, als sie alle?

Aladin. Ergreift ihn.

Florian. Ich sag's ja, wo ich hinkomme, halten mich die Leute für einen Narren. So nehmen S' Ihnen doch an um mich! Wird sich doch einer um den andern annehmen?

Eduard. Halt! Er ist mein Diener, und niemand hat ein Recht auf ihn, als ich. Ich stehe für seinen Verstand und für sein künftiges Betragen gut.

Florian. Ja, wir setzen was ein.

Aladin. Wohl, doch bei dem kleinsten Anfall werden wir unsere
Befehle vollziehen.

Eduard. Also hüte dich!

Florian. Jetzt muß ich mir eine Ehr d'raus machen, wann's mich reißt.

Aladin. Fremdling! Folge mir, bis ich dich dem Beherrscher vorstellen darf. (Geht mit Eduard ab.)

Eduard (im Abgehen). Florian, nimm dich in acht. (Ab.)

Florian. Reden Sie nichts auf mich; Sie haben auch schon ausgedient bei mir. (allein.) Ich unglückseliger Mensch, was fang' ich an? Wenn ich auch durchging', es nutzt nichts; denn wenn er in England eine bei der Hand nimmt, so fangt's mich in Holland zum Reißen an. Es ist kein Mittel, als sukzessiv hin zu werden; immer matter, bis es aus ist.

Quodlibet.
Werd' ich denn hier sterben müssen?

Soll ich nicht die schöne Gegend
Draust bei Währing wiedersehn?
Nimmermehr am heitern Ufer,
Beim Kanal spazieren gehn?
Nein, du armer Michel,
Der Tod kommt mit der Sichel!
Wie traurig ist doch mein Geschick!
Mir blüht auf dieser Welt kein Glück.
Kein Mädchen, das stets Wahrheit spricht;
O jegerl, g'fallt mir nicht, die G'schicht.
Welche Lust gewährt das Reißen,
Wenn eine reicht stark lügt.
Glauben Sie's mir!
Ach, ist es denn gar so schwer,
Ein Mädchen z'finden,
Das ein treues Herz besitzt,
Das man kann ergründen?
   O närrische Leut', o komische Welt!
   Einmal war es ganz anders!
   Da gab es noch Mädchen,
   Die saßen am Rocken
   Und spannen am Rädchen.

Jetzt putzen und zieren sie sich, wie die Affen,
Und lassen sich hinten und vorne begaffen.
Hab' ich nicht recht? Nun, wenn S' erlauben!
Und meine Mariandel, die wird zu Hause fragen:
Was macht denn der Florl? sag', ist er recht g'sund?
Er liegt im Spital draust, ist ganz auf den Hund.
Ist das wahr? Der arme Narr!
Lieber Herr Franzel, nur jetzt kein Tanzel!
Denn erster Liebe Kraft,
Bleibt ewig Leidenschaft!
Und ihr Florl, meint sie,
Gilt ihr alles, meint sie,

Von Amstetten, meint sie,
Bis Hernals, meint sie,
Gibt's kein Mann, meint sie,
So wie er, meint sie,
Ich wär' schön, meint sie, au contraire!

Drum will ich lustig sein,
Und mich des Lebens freun!
Nur in dem Landel,
Wo mein Mariandel
Sehnsuchtvoll wartet,
Möcht ich schon sein.

Denn mir liegt nichts an Stammersdorf und an Paris,
Nur in Wien ist's am besten, das weiß man schon g'wiß;
Man weiß, daß's in hundert Jahren auch noch so is'!
Aber, ob wir nicht g'storben sein, weiß man nicht g'wiß.
Drum, wenn ich hier sterben sollt', und Sie nimmer sich,
So bitt' ich halt gar schön, so denken S' an mich!

Fünfzehnte Szene. Man hört einen Marsch. Alles Volk
erscheint und stellt sich in einen halben Zirkel, dessen Mitte
frei bleibt. Die Frauenzimmer stehen vor den Männern
unverschleiert. Veritatius erscheint mit seiner Tochter
Modestina. Aladin, Wachen, dann Eduard und Florian.

Chor.
Stellt euch um der Wahrheit Thron,
Sprecht der frechen Lüge Hohn.

Veritatius (besteigt mit Modestina seinen erhabenen Stuhl).
Volk dieser Stadt! Ich habe dich versammeln lassen, um
Zeuge zu sein bei der Verbannung eines Geschöpfes, welches

schon seit langer Zeit durch ausgelassene Manieren die Gebräuche unserer Insel mit Füßen tritt.

Alle. Hoch lebe Veritatius!

Veritatius. Doch bevor wir den Vorhang dieser unangenehmen Szene eröffnen: Aladin, führe den Fremden vor. (Aladin geht und bringt Eduard und Florian.)

Veritatius. Sei mir willkommen, Fremdling! Du bist also der Herr vom Lande der Aufrichtigkeit?—Was ist denn das für eine pitoyable Figur, die dort an deiner Seite steht?

Eduard. Es ist mein Diener. (Deutet Florian, daß er sprechen soll.)

Florian. Bin so frei, meine ergebenste Aufwartung zu machen.

Veritatius. Das ist ein spaßiger Mensch, ich muß über ihn lachen.
(Lacht; zu den übrigen.) Man lache auch ein wenig über ihn.

(Alle lachen.)

Florian. Das ist eine dumme Nation!

Veritatius. Und nun zur Sache! Ich habe gehört, daß du dir eine Braut erkiesen willst, und weil du mir so wohl gefällst, auch aus vornehmem Stande bist, so stelle ich dir hier meine Tochter vor. Man verwundere sich. (Alles verwundert sich.) Wenn er dir gefällt und seine Abkunft beweiset, will ich mit Freuden euere Hände ineinander legen.

Modestina. Fremdling! Gewohnt, den Befehlen meines Vaters zu gehorchen, reiche ich dir mit Freuden meine Hand, wenn du mich vorher überzeugst, daß dein Edelmut sie verdient.

Florian. Ui jegerl, ich freu' mich schon.

Eduard. Nimm meine Huldigung, Holdeste deines Geschlechtes. (ergreift ihre Hand.)

(Florian empfindet Schmerz, sucht ihn aber durch unartikulierte
Töne und Lippenbeißen zu verbergen.)

(Eduard sieht auf Florian; dieser deutet nein, er läßt ihre Hand mit Anstand los.)

Modestina. Er gefällt mir recht wohl.

(Dumpfer Lärm von außen, man hört Aminens Stimme.)

Aminens Stimme. Laßt mich! Laßt mich!

Sechzehnte Szene.
Amine. Wachen. Vorige.

Amine (stürzt herein, hinter ihr Wache). Laßt mich, ihr abscheulichen Männer! (Stürzt zu Veritatius' Füßen.) Gütiger Herr! Was hat die arme Amine verbrochen, daß sie solchen Mißhandlungen preisgegeben wird? Ich bin ja ein armes, unschuldiges Mädchen, das noch niemand auf der Welt etwas zuleide getan hat.

Veritatius. Wie kannst du es wagen, vor meine Augen zu treten, ohne daß ich dich rufen ließ? Ausgelassenes Geschöpf, über dessen Verbrechen sich alle Bewohner dieser Stadt entsetzen.

Amine. Aber worin bestehen denn meine Verbrechen? Daß ich über die spitzige Nase deines Türstehers gelacht habe, daß ich auf der Straße herumgelaufen bin, meinen Papagei zu fangen, daß ich mein Haupt mit keinem Tuche umwinden will, weil ich Kopfschmerzen davon bekomme, und daß ich endlich keine traurige Miene machen kann, weil ich ein fröhliches Herz im Busen trage, sieh, das kann ich nicht lassen, lachen muß ich; und wenn du noch so zornig auf mich blickest und deine Augenbrauen so hinauf ziehst, so werd' ich wieder recht zu lachen anfangen müssen.

Veritatius. Welch unerhörte Frechheit! Man ärgere sich mit mir! (Pause.) Nein, man ärgere sich nicht; es will sich nicht geziemen, daß wir wegen dieser Verbrecherin in Ärger geraten. Als eine arme Waise hat man sie hier aufgenommen, weil ihr Vater, ein englischer Kapitän, mit seinem Schiffe an dieser Insel strandete und seinen Tod in den Wellen fand; und diese Bettlerin wagt es, das Ärgernis einer ganzen Stadt zu werden? Man ergreife sie, setzte sie in ein Schifflein und treibe es hinaus in die See, fern hin von dem Lande der Wahrheit, damit die Wellen das Spiel mit ihr treiben, das sie nur zu lange mit uns getrieben hat. (Die Wachen ergreifen sie.)

Aladin. Führt sie fort.

Eduard. Halt! (Für sich.) Ein unwiderstehliches Gefühl reißt mich hin, sie auf die Probe zu stellen.

Florian. Ah, das ist ja entsetzlich; das nimmt ja gar kein Ende.

Eduard (laut). Erlaube mir, mächtiger Herrscher, eine einzige
Frage an dieses Mädchen zu stellen.

Veritatius. Man stelle sie.

Eduard. Gutes Kind, hast du Vertrauen zu mir?

Amine. Ach ja! Du hast kein übles Gesicht und scheinst ein guter
Mensch zu sein. Amine fühlt das gleich.

Eduard. Reiche mir deine Hand.

Amine. Hier hast du sie. (Gibt sie ihm.)

Florian (fängt an, einen unendlichen Frohsinn und eine innere Lustbarkeit auszudrücken). Euer Gnaden, die b'halten wir, die lassen wir nimmer aus.

Alle. Was soll das bedeuten?

Amine. Ach, nimm dich meiner an; ich bin gewiß nicht schuldig!

Eduard. Nein, das bist du nicht, du gutes Mädchen. Wahrheit besteht nicht bloß durch äußere Form, sie wohnt im Innersten des Herzens, und Ungezwungenheit und Naivität dürfen immer ihre lieblichen Schwestern sein.

Veritatius. Habt ihr ihn verstanden?

Alle. Ja!

Veritatius. Ich nicht. Man verstehe ihn auch nicht!

Eduard. Höre mich, Veritatius! Ich verzichte auf die Hand aller
Mädchen deines Landes; laß mir Amine, und ich führe sie als meine
Gemahlin mit mir in mein Reich.

Modestina. Wie? Du wagst es?

Alle. Entsetzlich!

Veritatius. Ruhig! Man schweige! Sieh, Verblendeter! Weil du es wagst, meine Gastfreundschaft durch solchen Undank zu lohnen, so will ich dich auch dafür bestrafen. Du sollst sie haben; aber augenblicklich meidest du dieses Land und tust ihm nie wieder die Schande an, es zu betreten.

Eduard. Dank deiner Güte! Kolibri, lichte die Anker, schwelle die
Segel!

Kolibri (fährt mit dem Luftballon nieder). Komm' schon; bin schon da.

Eduard. Und nun komm, Amine, und du, Veritatius, traure; denn ich entführe dir ein seltenes Kleinod, dessen Wert du nicht zu schätzen wußtest. (Musik ertönt, Eduard, Amine, Florian und Kolibri steigen ein, und fahren fort.)

(Veritatius geht mit seiner Tochter und Aladin in den Palast, die übrigen bleiben zurück.)

Chor.
Fahret, fahret fort!
Steuert durch die Welt,
Bis zum Ort, bis zum Ort,
Wo euch Reue quält.

Ein Fallschirm kommt herab, worauf steht: "Körbchen für die Schönen dieses Landes." Vier Genien kommen aus der Tiefe und teilen goldene Körbchen an die Frauen aus.r

Chor.
Seht die frechen Laffen hier,
Körbchen uns zu spenden!
Rache kocht im Busen mir,
Blutig soll es enden!

(Heftiger Schlag in der Musik. Sie wollen auf die Genien hin, diese heben die Finger warnend auf; ein augenblickliches Tableau. Die Genien ziehen aus den Körbchen verschiedene Schmuckwaren hervor, die Weiber ergreifen sie freudig. Die Musik und die Singstimmen sehr piano.)

Chor.
Doch piano, haltet ein!
In dem Land der Sitten
Muß man fein manierlich sein,
Hier wird nicht gestritten;
Drum verlasset diesen Ort,
Höret auf zu tosen,
Traget eure Körbchen fort,
Füllet sie mit Rosen!

(Alle schleichen behutsam fort.)

(Die Genien zur Seite ab.)

Siebzehnte Szene.
(Fürchterlicher Wald, Blitze leuchten. Man hört das Brausen des
Vulkans.)

Eduard, Amine, Kolibri, Florian treten ein.

Kolibri. Wir sind am Ziele, dort ist der Vesuv.

Amine. Welch ein fürchterlicher Wald!

Eduard. Ja, immer finstrer wird der Wald und finstrer wird es auch in meinem Innern.

Kolibri. Siehst du dort den Rauch?

Florian. Aha, da ist eine Ziegelbrennerei!

Kolibri. Narr! Es ist der Feuerberg; dorthin geht die Reise.
Eduard, lebe wohl! Ich reite jetzt als Kurier voraus und
bereite alles zu deinem Empfang. (Ab.)

Achtzehnte Szene.
Vorige ohne Kolibri.

Amine. Was soll das alles heißen? Warum stehst du so in
dich gekehrt? Hat dir Amine etwas zuleide getan?

Eduard. Ja, Amine, du bereitest meinem Herzen bitteren
Schmerz.
(Für sich.) Mein Unglück ist entschieden; ich liebe sie!

Amine. Ich verstehe dich nicht; du sprichst so dunkel. Sieh,
ich weiß nicht warum? aber ich habe dich in dieser kurzen
Zeit so lieb gewonnen, daß ich niemanden auf dieser Erde
weiß, dem ich so gut sein könnte, wie dir, und du hast doch
auf der ganzen Reise verdrießliche Mienen gemacht. Komm,
ziehen wir weiter; und ging' es durch den Feuerberg, ich
ziehe überall mit dir.

Eduard. Es ist umsonst, ich muß es ihr entdecken. So wisse,
armes
Geschöpf, ich habe dich betrogen; du wirst nicht meine
Gemahlin.

Amine. Nicht?

Eduard. Nein. Siehst du jenen Feuerberg, wo die Blitze
durch den

Rauch sich winden? Dort wird deine Wohnung sein; jenem Geisterfürsten hab' ich gelobt bei meinem Leben, dich zu überliefern.

Amine. Das hast du getan? Du? (Wehmütig.) Nein, das ist unmöglich! Du lügst—und das mußt du nicht, Amine hat noch nie gelogen.

Eduard. O hättest du es getan, so waren wir beide glücklicher!

Amine. Wirklich? Nun, so will ich das in Zukunft wieder gut machen und mir recht viele Mühe geben, es zu lernen, wenn ich nur weiß, daß dich das glücklich macht.

Eduard. Zu spät, ich kann nicht mehr zurück. Amine, du mußt mir folgen. Ich habe diesen Schwur geleistet, bevor ich dich noch kannte. Wenn ich dich dem Zauberkönig nicht überliefere, so stürzt der Augenblick, indem ich diesen Entschluß fasse, mich tot zu deinen Füßen nieder.

Amine. Schrecklich! Schrecklich! Ach, warum hast du mich nicht den Wellen überlassen? Jetzt vielleicht schon wäre ein ewiger Friede in meiner Brust. Doch ich sehe das Entsetzliche deiner Lage ein, und füge mich meinem unerbittlichen Geschicke, das von Kindheit an mich schon so hart verfolgt. Hier ist meine Hand, führe mich zu dem Zauberkönig.

Eduard. Treffliches Mädchen! Ich kann dich nicht überliefern; o armseliger Diamant, wie verlischt dein Glanz vor den Strahlen dieser Unschuld. Was soll ich beginnen?

Florian (der sich während der ganzen Szene zurückgezogen hatte und ganz ruhig war, kommt vor). O mein lieber, gnädiger Herr, ich halt's nimmer länger aus! Überliefern S' mich dem Zauberkönig, statt ihr, und geben S' ihm halt ein paar hundert Gulden aus; oder noch was; unser alter Herr war ja alleweil ein gescheiter Mann, und voller Zauberei war er auch, vielleicht kann der uns helfen? Machen S' eine Beschwörung, kitzeln wir ihn wo heraus bei einem Loch, wie einen Grillen, daß er uns einen guten Rat gibt.

Eduard. Ja, du hast recht, Florian! Diesen Gedanken hat dir ein wohlwollender Geist eingehaucht. Höre mich, Vater, wenn du die Stimme deines Sohns noch erkennst, steig herauf zu mir und rette mich von meiner Verzweiflung. Vater, Vater! höre mich! (Es donnert.) Freude, Amine, er hat mich gehört, er kommt!

Neunzehnte Szene.
(Zephises kommt aus der Erde in seinem vorigen Geisterkleide.
Vorige.)

Eduard. Geist meines Vaters, rate deinem unglücklichen Sohne! Was soll ich beginnen?

Zephises (mit ernster Stimme). Ich bin dein Vater Zephises und habe dir nichts zu sagen als dieses! (verschwindet wieder.)

Eduard (spricht langsam). Er ist mein Vater Zephises. —

Florian. Und hat uns nichts zu sagen als dieses! Nun, das können wir ja tun; riskieren tun wir nichts dabei.

Eduard (rasend). Treibt die Hölle ihren Spott mit mir? Wohlan, geendet sei dies Spiel! Longimanus, ich löse dir mein Wort! (Schrecklicher Donnerstreich. Die Bühne verwandelt sich in eine Felsengegend, in der Mitte erhebt sich der Vulkan; Lava strömt aus dem Krater, fließt über den

Berg und bildet um dessen Fuß einen feurigen See. Alle Elemente sind in Aufruhr. Musik.) Wo bist du, Amine?

Amine. Himmel, welch ein fürchterlicher Anblick!

Eduard. Mir ist er es nicht. Geisterkönig, ich rufe dich!

Heftiger Donnerstreich, auf welchen eine totale Stille folgt; unter sanfter Musik verwandelt sich die Szene. Die Kulissenfelsen werden zu grauen Hügeln mit Blumen besäet, der Vesuv wird ein grünender Berg, der statt der Lava farbige Blumen auswirft, die man statt den Streifen der Lava sich herabwinden sieht. Das Lavameer wird ein Silbersee. Der Geisterkönig erscheint mit Gefolge.

Zwanzigste Szene.
Longimanus. Gefolge. Feuergeister. Vorige.

Longimanus. Nun, bin ich ein galanter Kerl, oder nicht? Du hast g'laubt, ich werd' meine Braut mit Donner und Blitz empfangen? Nein! Narren hat's geregnet! Blumen sind da!

Eduard. Seine Braut!

Amine. Himmel!

Longimanus. Du hast also doch eine g'funden? Siehst du's, wann ich was sag'!—Was für eine Landsmännin?

Amine (furchtsam). Eine Engländerin.

Longimanus. Also ein Wasserkind. Brav! Nun also, die Sache ist in Ordnung, nicht wahr? (Zu den Feuergeistern.) Führt sie hinein.

Eduard (für sich). Nein, diese Qual ist zu groß! (Laut.)

Longimanus, du darfst sie mir nicht entreißen! Laßt sie hier!

Longimanus (macht große Augen und erstarrt fast vor Zorn). Was ist das für ein Diskurs? Den Augenblick hinein mit ihr! (Die Feuergeister führen sie fort.)

Eduard. Kehrt zurück, oder — (er will nach).

Longimanus (winkt; Donnerschlag; Gewitterwolken fallen vor, aus welchen fliegende Ungeheuer Eduard entgegengrinsen). Sein schon da! Was ist denn das? Was unterstehst denn du dich, mir zu drohen? Du Bursch'! Du Hergelaufener oder Hergeflogener! Wie er gekommen ist, hat er schon ein Geschrei gehabt, daß ich ihn bis ins dritte Zimmer hinein gehört hab', und jetzt untersteht er sich gar und begehrt ordentlich auf mit mir. Ah, da muß ich bitten! (Scharf.) Red', was willst du?

Eduard. Longimanus, Gnade! (Fällt auf ein Knie.)

Longimanus. Und Longimanus sagt er nur in der Geschwindigkeit so zu mir, als wann wir schon hundert Jahre bekannt wären.

Eduard. Verzeihung, mächtiger Geisterfürst! Ich bin ein Wahnsinniger, ich kann ohne Aminen nicht leben! Habe Mitleid und schenke mir ihre Hand.

Longimanus. Untersteh dich nicht mehr, ein Wort zu sagen! Jetzt schaut's ihn an! Macht der auf einmal einen Ernsthaften! (Dreht die geöffnete Hand.) Ein Wahnsinniger ist er? Geh, geh, geh, geh, du Spaßiger! Was du begehrt hast, wirst du erhalten. Du hast dir Reichtum gewünscht, du wirst ihn finden. Du kriegst den Diamant und ich das Mädel, so hat ein jeder einen Schatz.

Eduard. O Zauberfürst, nimm alle deine Schätze zurück, ich

will sie nicht, ich verlange sie nicht. Gib mir Aminens Hand, und ich will auf alles verzichten.

Longimanus. Jetzt fangt er gar zum Handeln mit mir an, als ob wir auf dem Tandelmarkt wären. Was wir ausgemacht haben, dabei bleibt's; du bekommst die diamantene Statue und sonst nichts, und damit du geschwind nach Haus kommst, so werd' ich kutschieren. Allons! (Winkt. Die Wolken erheben sich, und es präsentiert sich Zephises' Zaubersaal mit sechs Statuen. Auf dem roten Postament, worauf jetzt das transparente Wort: Diamant geschrieben ist, steht Amine im rosensarbnen Kleide mit einem reich mit Flitter gestickten Schleier, der ihr Gesicht nicht verhüllt, sondern mit hübschem Faltenwurf um den ganzen Körper fließt, ihre Figur muß sehr grell beleuchtet sein.) Da ist sie, ich übergeb' sie dir; wir sind quitt!

Eduard (ohne hinzusehen). Ist sie mein Eigentum?

Longimanus. Ja!

Eduard. So will ich sie vernichten, denn sie ist die Ursache meiner Verzweigung! Ich will sie nicht haben, ich zerschlage sie! (Eilt mit Wut gegen die Statue.)

Amine (steigt von dem Piedestale und sinkt in seine Arme). Eduard, ich bin dein!

Eduard. Amine! Meine Amine!

Florian. Er hat sie nicht zerschlagen.

Eduard (stürzt freudig zu Longimanus Füßen). Herr, wie soll ich dir danken?

Longimanus. Ja, jetzt! Gelt, ich hab' dich erwischt? Du Tausendsapperment! Ich hab' dich nur auf die Prob' g'stellt, wenn dir das Geld lieber g'wesen wär', als sie, hättest du sie in deinem Leben nicht bekommen. Da hast du s' jetzt. Ein Weib, wie die sein wird, ist der schönste Diamant, den ich dir geben hab' können.

Florian. Vivat! Jetzt hole ich meine Mariandel. (Will ab.)

Einundzwanzigste Szene.
Kolibri. Mariandel. Nachbarsleute. Vorige.

Kolibri. Da bring' ich Gäste zur Hochzeit.

Eduard. Kommt, Freunde, nehmt teil an meiner Freude.

Mariandel. Florian!

Florian. Mariandel, du bist mein! Du bist zwar kein Diamant, aber — wo bist her?

Mariandel. Aus Prag.

Florian. Bist ein böhmischer Stein.

Longimanus. Und damit wir einen Tanz bei der Hochzeit haben, so sollen (auf die Statuen deutend) die ein wenig herumspringen. (Die Statuen steigen von den Postamenten und tanzen unter dem Ritornell.)

Schlußgesang (beginnt mit Tanz, dann:)

Mariandel. Der kleine Liebesgott!

Florian (singt es nach). Der kleine Liebesgott!

Mariandel. Treibt mit uns allen Spott.

Florian. Treibt mit uns allen Spott.

Mariandel. Kaum trifft er uns ins Herz,

Florian. Kaum trifft er uns ins Herz,

Mariandel. So fliegt der kleine Schelm davon.

Florian. Er fliegt davon.

Chor. Er fliegt davon! Er fliegt davon.

Mariandel. Die allerschönste Sach'—

Florian. Die allerschönste Sach'—

Mariandel. Sprichst du denn alles nach?

Florian. Sprichst du denn alles nach?

Mariandel. So hör' doch einmal auf!

Florian. So hör' doch einmal auf!

Mariandel. Du dummer, dummer Tölpel du!

Florian. Du Tölpel du!

Chor. Du Tölpel du! Du Tölpel du!

(Zwischentanz, Gruppe.)

Mariandel. Bin ich nur Frau hernach —

Florian. Bin ich nur Frau hernach —

Mariandel. Dann sprichst du g'wiß nicht nach.

Florian. Dann sprichst du g'wiß nicht nach.

Mariandel. Ich red' den ganzen Tag. —

Florian. Ich red' den ganzen Tag —

Mariandel. Und du verhältst dich mäuschenstill.

Florian. Ja mäuschenstill!

Chor. Ja mäuschenstill! Ja mäuschenstill!

Florian. Drum bitt' ich nur geschwind —

Mariandel. Drum bitt' ich nur geschwind —

Florian. Wenn Sie's zufrieden sind —

Mariandel. Wenn Sie's zufrieden sind —

Florian. Wir machen jetzt ein End' —

Mariandel. Wir machen jetzt ein End' —

Florian. So bleibt ihr doch heut 's letzte Wort.

Mariandel. Das letzte Wort.

Chor. Das letzte Wort! Das letzte Wort!

(Am Schlusse gruppiert sich alles. Die Statuen besteigen die

91

Postamente, Amine auf dem mittleren. Eduard kniet vor ihr;
Longimanus steht auf der andern Seite, Florian kniet vor
Mariandel.
Die Nachbarn gruppieren sich mit freudigem Erstaunen.)

(Der Vorhang fällt.)

Ende.

www.ingramcontent.com/pod-product-compliance
Lightning Source LLC
Chambersburg PA
CBHW020045030726
47499CB00007B/2589